# LETTRE A M***.

JE viens de parcourir affez rapidement, mon cher ami, le livre fur lequel vous me confultez, & en attendant que je puiffe vous en rendre un compte détaillé, comme vous l'exigez, je vais toujours jetter un coup d'œil fur la forme & le plan, ainfi que fur les vûes de l'Auteur à qui on l'attribue. C'eft un ouvrage en quatre volumes *in-12.* dont le titre impofant annonce une hiftoire des *Querelles Littéraires* depuis Homère jufques à nos jours; il eft revêtu de privilége, d'approbation & de toutes les formalités ordinaires. Le Cenfeur nous dit bonnement dans fon approbation, qu'il n'a rien vû dans ces quatre volumes, qui ait pû en empêcher l'impreffion. Je vous prouverai bien-tôt que fi cet Approbateur parle férieufement, il ne fe montre pas fort délicat en matière de religion, de mœurs & d'honnêteté publique. J'aime mieux croire cependant, & la charité le veut, qu'il n'a pas lû l'ouvrage, & que fon approbation a été furprife, comme le fut, il y a quelques années, celle de l'*Efprit.* Quoiqu'il en foit, l'Auteur de cette belle production, celui du moins qui ofe l'avouer, eft un ex-Jéfuite, engagé dans le Sacerdoce, & qui a été chargé de l'éducation de quelques jeunes gens. Voilà deux titres dont l'un impofe la fonction la plus augufte, & l'autre la plus utile; lifez cet Auteur, & vous gé-

A

*m. l'abbé Baral.*

mirez de voir le plus redoutable de nos Myſtères confié à des mains ſacriléges, & la portion
la plus précieuſe de l'Etat, livrée à un eſprit libertin. C'eſt la réflexion qu'on ne peut s'empêcher de faire, quand on a lû cet ouvrage infor-
me, qui, dans le vrai, n'eſt qu'une compilation indigeſte & ſuperficielle, ſans goût & ſans
méthode. Il eſt quelquefois écrit avec eſprit &
avec feu, quoique toujours d'un ſtyle inégal,
incorrect, ſans force & ſans élévation. Mais
d'ailleurs il eſt plein de tant de malignité, d'i-
gnorance & de mauvaiſe-foi, qu'il n'eſt propre
tout au plus qu'à amuſer les Lecteurs oiſifs, &
à tromper les ignorans. On devine aiſément
que l'Auteur eſt un de ces enfans perdus, jetté
dans le Public par ce parti, qui depuis long-tems
attaque la Religion à viſage découvert. Par-
tout on reconnoît un de ces prétendus *Philoſophes*, ſouvent pyrrhonien outré, quelquefois
ſottement crédule, toujours ennemi de la vertu & des bonnes mœurs, qui ſe plaît à jetter du
ridicule ſur les objets les plus reſpectables, &
à répandre des nuages ſur les vérités les plus
évidentes. Déciſions téméraires, hardies, fauſ-
ſes, traits licencieux en proſe & en vers; bévues, infidélités, anachroniſmes, impoſtures groſſières, calomnies atroces, tout cela eſt débité du ton le plus impérieux & le
plus décifif: & ſur la foi de qui? de Bayle & de
ſes Copiſtes, du Jéſuite Lallemant, de ſon Con-
frère d'Avrigni, & de ce Poëte auſſi fameux par
les égaremens de ſon cœur, que par les talens de
ſon eſprit. Telles ſont les ſources impures dans
leſquelles l'anonyme n'a pas eu honte de pui-

fer, fans prefque jamais citer, lors même qu'il
copie fervilement ; & par rapport aux endroits
où il n'offenfe ni la Religion, ni la vérité, ni
les bonnes mœurs, ce qui eft aflez rare, même
hardieffe à copier des Auteurs eftimables, fans
daigner les nommer. Voilà, mon ami, une ef-
quiffe légère de cet ouvrage, fruit d'une tête
peu faine, d'une imagination déréglée, & qui,
à tous égards, eft digne de la cenfure publique
& de la rigueur des Loix. Vous voyez que, fous
prétexte de *Querelles Littéraires*, dans lefquelles l'Auteur auroit dû fe renfermer, & qui ne
font cependant que la moindre partie de fa frivole compilation, il en veut bien réellement
à la Religion & aux Ecrivains refpectables, qui
ont fait éclater leur zéle pour elle. Rien n'égale
l'impudence avec laquelle ce cynique effronté fe
déchaîne contre S. Bernard, Baius, Janfénius,
Saint-Cyran, le Grand Arnauld, MM. de Port-
Royal, le Pere Quefnel, le Grand Boffuet, le
célèbre Rollin, & autres illuftres perfonnages
du dernier fiécle & de celui-ci, que je vous ai
appris à connoître & à admirer. S'agit-il du
premier ? Ce n'eft, au gré de cet infolent Ecrivain, qu'un difcoureur, un homme vain, jaloux, envieux, qui, vaincu par les raifons de
fon adverfaire, dont la gloire obfcurciffoit
la fienne, eut recours aux voies de fait, & le
traita avec fureur. Tels font à peu près les
traits fous lefquels, ce téméraire défigure un Pere de l'Eglife univerfelle, & un ornement de
celle de France, qu'il continue d'éclairer par fes
fçavans Ecrits, comme il l'a édifiée par fes fublimes vertus. Boffuet n'eft pas plus épargné ;
c'eft encore la jaloufie qui l'anime contre Féné-

Jon , & l'Auteur , fidèle écho des calomnies de l'Ecrivain du Siécle de Louis XIV , nous débite gravement la fable de son prétendu mariage , qu'il seroit bienaise de faire croire, quoiqu'il feigne lui-même, de n'y donner aucune créance. Ailleurs, il usurpe les droits de Dieu , & s'érige en scrutateur des cœurs ; *c'est un problême* , dit-il , *si la dévotion de Paschal fut sincère* , & abandonnant Bayle son guide ordinaire , il fait un portrait affreux de cet homme immortel. C'est ici que la patience échappe, & qu'on ne peut s'empêcher de s'écrier :

*Avec quelle irrévérence parle des Dieux ce* ***.

Mais on reconnoît encore à ce trait de fureur le langage de l'Auteur des *Lettres Philosophiques* , & son punissable Copiste ne l'a que trop fidélement imité. A quels excès ne porte pas la manie de faire parler de soi ! Un fou de l'Antiquité brûla le Temple d'Ephèse, pour laisser quelque trace de son nom ; & ce nouvel Eroftrate, pour vivre dans la mémoire des hommes , ose attaquer les Dieux de la terre ; c'est que plusieurs routes conduisent à la célébrité , & qu'il lui a plû de prendre celle qui y mène par d'insignes méchancetés.

Cet ignorant nous prévient d'abord qu'il ne parle pas en Théologien ; cependant vous le voyez réaliser la chimère du Janfénisme , décider en maître des Questions sur la Grace qu'il a bien moins étudié que le *Code de Cythère* ; prononcer sur l'*Augustinus* de l'Evêque d'Ypres qu'il n'a jamais ouvert , sur les écrits faits pour la défense de cet important ouvrage , dont il ne connoît pas même les titres ; sur les Livres

de l'Abbé de Saint-Cyran qu'il n'eſt pas à portée d'entendre ; il avance hardiment que la *Fréquente Communion* eſt un ouvrage médiocre, & il
ignore que Gui-Patin, qui avoit plus d'eſprit &
tout auſſi peu de piété que lui, n'en parloit
qu'avec admiration. C'eſt avec le même goût
qu'il juge les *Réflexions Morales* du Pere Queſ-
nel, & tant d'autres Ecrits ſolides & lumineux,
qui n'ont jamais orné la Bibliothéque de ce mauvais Critique. Vous le verrez s'élever avec audace contre les Congrégations *de Auxiliis*, peindre en ridicule les objets des diſputes qui y furent agitées, juſtifier le culte Chinois, inſulter
MM. des miſſions étrangères, le vertueux M. de
Pâris, le fameux Abbé de la Trappe, les Evêques, Chefs de l'Appel, altérer les faits, jetter
de l'incertitude ſur les vérités les plus claires, &
transformer preſque toujours le zéle & la piété,
en petiteſſe d'eſprit & en fanatiſme. Au contraire, cet homme, un de ces Prêtres dont parle Charles Gouju, dans ſa *Lettre* à ſes Frères,
prend vivement la défenſe des Théâtres, ſe
rend l'*Apologiſte* des Poëſies luxurieuſes, en
tire pluſieurs de l'oubli où elles étoient plon-
gées, entaſſe les épigrammes ſatyriques contre
ceux qu'il amène ſur la ſcène, répand ſur ſa
route quantité d'anecdotes ſcandaleuſes ; &
voilà le Livre dans lequel l'Approbateur *n'a rien
trouvé qui dût en empêcher l'impreſſion*. Mais ſi
l'Auteur n'eſt qu'un Ecrivain téméraire, faux,
ignorant, licencieux, calomniateur ; que penſer du Cenſeur à qui ſon état impoſe la loi de
ſupprimer tout ce qui pourroit nuire à la vérité & aux bonnes mœurs ? Tel eſt, mon ami,
la manie du ſiécle ; Auteurs, Cenſeurs, Editeurs,

Imprimeurs, tous travaillent à l'envi à corrompre le dépôt de la foi, qui nous a été confié, & à ébranler la créance des Fidéles. L'impiété argumente sur les bancs en Sorbonne, elle est applaudie sur le Théâtre, on l'affiche dans les Académies, & jusques dans les sociétés particulières, on rougit d'être Chrétiens. Vous vous rappellez cette fameuse Séance, où prit sa place à l'Académie Françoise, un homme distingué par ses emplois, plus distingué encore par les talens de l'esprit & les qualités du cœur, fait pour honorer tous les postes de la Magistrature & des Lettres ; eh bien ce vertueux Citoyen, plein de zéle pour sa Religion, veut comme un autre Phinées venger son Dieu outragé : il a le courage de plaider sa cause, il parle avec autant de force que d'éloquence, contre cette nuée d'ouvrages impies, dont nous sommes inondés. Qu'arrive-t-il? On se reconnoît aux portraits ; ces prétendus *Philosophes*, ces *Esprits-forts*, plus foibles en effet, plus jaloux, moins maîtres d'eux-mêmes, plus esclaves des passions, que la plus vile populace, se déchaînent avec fureur contre l'Orateur Chrétien, font pleuvoir sur lui une grêle de libelles, & remplissent d'amertume la vie de ce Magistrat respectable. Le Chef de ces forcénés, des bords du lac qu'il habite, sçait ranimer les feux mal éteints de sa rage, déshonore son siécle, & met le comble à sa propre ignominie, en vomissant des torrents d'injures contre son maître & son supérieur en tout genre. Et ne croyez pas que l'accusation d'impiété ait rallumé sa bile : Non, il est insensible à de pareils traits. Car,

Dites de lui qu'il est fat, effronté ;
Chacun le sçait, lui-même en fait parade.
Reprochez-lui blasphême, impiété ;
C'est de nectar lui présenter rasade,
Ajoûtez-y balaffre, bastonnade ;
C'est son plus clair & plus sûr revenu.
Bref le mignon est par-tout trop connu
Pour craindre encor affronts, ni flétrissures ;
Et son salut est d'être devenu
Invulnérable à force de blessures.

Mais M. le Franc l'avoit taxé d'ignorance dans l'Histoire : *inde irâ* ; , cet homme qui a la folie de se croire universel, qui a distillé son fiel amer sur les plus grands Hommes du siécle de Louis XIV, & du nôtre, pour s'établir au-dessus d'eux, ne souffre pas qu'on lui conteste une supériorité que ses fanatiques partisans lui décernent, & qu'à coup sûr la mort lui ravira biéntôt. Et à la honte du siécle, ses libelles ont trouvé des Lecteurs, qui, non contens de rire, ont applaudi ! Et le Philosophe Chrétien, au lieu des éloges qu'il méritoit, n'a reçu que des outrages, & même des reproches de la part des plus indifférens, qui ont trouvé son zéle déplacé. Comme s'il étoit défendu de parler le langage de la Religion, dans une Académie à laquelle sont aggrégés des Evêques, & qu'il ne fut pas permis à un homme zélé pour la sienne, autant que pour le bon goût, de s'élever contre les détracteurs de l'une & de l'autre. N'est-ce pas même une des loix de l'Académie, d'en exclure tout Auteur d'ouvrages impies ? La Religion n'est donc pas assez étrangère à ce sanctuai-

A iv

re des muses, pour que sa voix ne puisse s'y faire entendre ? Ne sçavons-nous pas aussi que, pour y être admis, après tant de refus, l'Auteur des *Lettres Philosophiques* fut obligé de désavouer cet abominable ouvrage, par une Lettre au Pere de la Tour, dans laquelle ce Jésuite doucereux trouvoit tant d'onction ? Le postulant y défioit ses adversaires de citer une seule page de ses écrits, qui pût scandaliser le moindre Sacristain de Paroisse. Il n'a pas craint sans doute qu'on le prît au mot, puisque depuis cette époque, l'impiété, le blasphême & l'obscénité ont découlé par torrent de sa plume malheureusement trop féconde. Tel est, mon cher, le héros de la Littérature ; voilà cet homme universel, à qui on prodigue les louanges & l'encens le plus flatteur. C'est aussi le Dieu de notre Ecrivain ; c'est à lui à qui il dresse des Autels, pour y brûler son parfum, à l'exclusion de tout autre. Tous ces génies puissans qui ont illustré le siécle de Louis XIV, ne sont rien en comparaison de M. de *** ; il est plus Poëte, plus Littérateur, plus érudit, plus universel qu'eux tous, plus *Philosophe* enfin. C'est-là le mot de l'énigme, c'est-à-dire, qu'il est impie, & que les autres étoient Chrétiens. Car, remarquez-le, d'après le digne héritier des vertus & des talens de l'illustre Racine, aucun de ces grands hommes n'a prostitué sa plume à l'impiété ; plusieurs ont pratiqué les maximes de la Religion ; tous au moins l'ont respectée dans leurs écrits, & si la Fontaine s'est livré à la licence dans quelques-uns de ses ouvrages, peut être excusable par sa grande simplicité, il a du moins édifié par son austère pénitence.

A des sujets honteux , se livrant à regret
La Fontaine en gémit ; à ses remords rebelle
Sa main sert malgré lui sa plume criminelle :
Vrai dans tous ses écrits , vrai dans tous ses dis-
cours ,
Vrai dans sa pénitence à la fin de ses jours,
Du maître qui s'approche , il prévient la justice ,
Et l'Auteur de Joconde est armé d'un cilice.

Et voilà la cause du déchaînement de nos
beaux-esprits modernes contre ces personnages
célèbres ; ils ne peuvent leur pardonner d'avoir
eu des vertus qu'ils n'ont pas eux-mêmes , &
n'ayant pas la force de les imiter , ils ne sont pas
assez généreux pour les admirer. Quoi! des hommes de génie , courber la tête sous le joug de la
foi , avoir des mœurs , de la probité ! Quelle
foiblesse , quel ridicule ! *Heureux ,* s'est écrié
avec enthousiasme , en parlant de Racine ,
l'un des Rédacteurs d'un ouvrage que l'on disoit être fait pour la perfection des Arts ; mais
qui bien certainement , ni par sa nature , ni
dans l'intention des auteurs , ne tendoit pas
au progrès de la Religion : *heureux , s'il
eût été aussi grand Philosophe qu'il étoit grand
Poëte !* Mais pourquoi ces petits détours, &
ne pas dire tout simplement, *heureux, s'il n'eût
pas eu la foiblesse de croire en* **Dieu** , car
l'on ne doute plus de la signification que l'on attache à ce mot de *Philosophe* , & l'on ne s'avi-
seroit pas d'entreprendre follement d'obscur-
cir aujourd'hui la gloire de ces grands-Hom-
mes , s'ils avoient arboré l'étendard de l'incrédulité. Mais le suffrage de la postérité

A v

qui n'admirera pas moins la fageffe que la fublimité de leurs écrits , les dédommagera de l'injuftice d'un fiécle trop dépravé , pour eftimer la vertu. Je me rappelle avoir oui dire à un de ces idolâtres de M. de** que *dans vingt ans on ne liroit plus Def-preaux.* Que lira-t-on donc ? Sans doute , les *Lettres Philofophiques* , la *Pucelle d'Or-léans* , le *Siécle de Louis XIV* , l'*Hiftoire Univerfelle* , *Candide* , &c. Cette décifion imbécille & téméraire à l'égard de notre Horace François, ne pourroit-elle pas être appliquée plus juftement au Chantre du *Grand-Henri* ? Oui , mon cher *** , je vous l'ai dit fouvent , & vous vous le rappellez. Tant que la Langue Françoife fera en honneur , on lira Corneille , Racine , Boileau , la Fontaine , Molière , Rouffeau , comme des Auteurs faifant autorité pour les chofes & pour les mots ; & fi elle vient à n'être plus d'ufage , on les traduira , comme on a traduit , Homère , Virgile , Horace , &c. Fera-t-on le même honneur à M. de V ? C'eft ce qu'il ne m'appartient pas de décider. Mais Rouffeau avoit prédit la chûte de la Motte.

> Ainfi fouvent par la brigue porté ,
> Un fot rimeur voit fon nom exalté :
> Je fçais qu'enfin fes lauriers chimériques
> Ont tôt ou tard leurs ans climatériques.
> La mode paffe , & l'homme ouvre les yeux.

Et la Prophétie n'a pas tardé à s'accomplir. Or la Motte étoit l'idole de fon tems, comme M. de Voltaire l'eft de celui-ci ; c'é-

toit un tres-bel esprit ; il écrivoit très-bien
en prose , il faisoit de jolis vers , il avoit
des connoiffances étendues , quoique super-
ficielles ; tout cela n'a pû empêcher que
fon nom ne fût précipité dans le gouffre
de l'oubli , parce que , comme le dit encore Roufeau :

> Non que n'ayez tout l'efprit en partage
> Qu'on peut avoir , on vous paffe ce point ;
> Mais fçavez-vous qui fait vivre un ouvrage ?
> C'eft le génie , & vous ne l'avez point.

A Dieu ne plaife cependant que je faffe
l'application , & que je fois affez téméraire
pour entreprendre d'arracher la couronne fi
juftement attachée fur le front de M. de V ? Il a
fans contredit encore plus d'efprit que la Motte,
il fait de meilleurs vers , fa profe eft har-
monieufe , il a un art merveilleux pour habiller à fa manière les penfées d'autrui , &
l'on peut dire que jamais perfonne n'a exer-
cé plus habilement que lui , le métier toujours odieux de brigand Littéraire ; il parle
de tout avec agrément , fans avoir jamais
rien approfondi ; il eft Poëte - Tragique ,
Comique , Lyrique , Didactique , Satyrique ; Philofophe , Géomètre , Hiftorien , &c.
Mais il n'eft ni un Homère , ni un Virgile , ni un Corneille , ni un Racine , ni
un Molière , ni un Boileau , ni un Rouffeau , &c. Ce font de furieux hommes que
ceux-là , & M. de Voltaire doit renoncer
à la comparaifon. Il ne feroit pas difficile
de l'en faire convenir lui-même , s'il étoit

de bonne-foi , & ce feroit un projet très-utile que celui de comparer ce qu'il a fait dans chaque genre , avec nos chef-d'œuvres dans le même genre. On a déja exécuté ce parallèle avec fuccès par rapport à la *Henriade ;* & cet ouvrage où il y a plus d'efprit que de génie, plus de brillant que de richeffes, plus d'Hiftoire que de Poëfie, n'a pû foutenir la préfence du *Lutrin ,* ce Poëme *bâti fur la pointe d'une aiguille ,* comme le difoit le premier Préfident de Lamoignon. Rien de plus facile que de fuivre ce plan par rapport aux autres ouvrages de M. de Voltaire ; de mettre, par exemple fes Tragédies à côté des belles de Corneille & de Racine ; fes Comédies en regard avec celles de Molière , fes Odes vis-à-vis celles de Roufleau , & il refultera de cet examen que M. de***. ne peut point aller de pair avec ces grands génies, & qu'il n'eft que le premier des beaux-efprits. Voilà le moyen infaillible de renverfer ce coloffe bouffi d'orgueil , en le réduifant à fa jufte valeur.

Puis vous voilà, Meffieurs les faifeurs d'Odes ,
Jolis mignons , ainfi que vos Pagodes.

Je finis , mon ami, par cette apoftrophe que j'adreffe fur-tout à l'Auteur des *Querelles Littéraires ,* dont l'enthoufiafme fanatique pour M. de * * *, m'a entraîné dans une digreffion que vous trouverez peut-être déplacée. Mais vous la pardonnerez à un ami qui ne fe gêne point & donne libre carriere à fa plume, quand il vous écrit : vous êtes affez accoutumé à mon ftile vagabond. Au refte , comme cette Lettre

n'eſt faite que pour vous, j'ai cru pouvoir dire
au hazard & ſans trop de ſuite, tout ce qui
me paſſoit par l'eſprit, lequel, comme vous le
ſçavez, n'eſt jamais las d'écrire, lorſque le
cœur eſt de moitié : & ce dernier a toujours eu
ſa très-grande part, dans tout ce que j'ai fait
pour vous. Autrefois votre maître, aujourd'hui
votre ami, ce dernier titre perpétue nos obligations réciproques. Je vous dois des conſeils,
& je n'ai qu'à me louer de votre docilité à les
recevoir. Faits pour vivre enſemble, mais ſé-
parés par un événement imprévu, & qui ſera
pour nous un ſujet intariſſable de gémiſſemens
& de larmes, le ſentiment nous réunira toujours, fuſſions-nous diviſés par des eſpaces in-
terminables. La reconnoiſſance me donne des
droits ſur vous, l'amitié les aſſure, & je m'en
ſervirai pour veiller ſur mon ouvrage, & le
perfectionner de plus en plus. Eh!quels avis plus
eſſentiels, plus néceſſaires, puis-je vous donner,
que de vous prémunir contre cette lepre con-
tagieuſe qui infecte tous les états ? Vous vivez
dans le monde, mon ami, & l'impiété y regne ;
quelles ſeroient donc mes allarmes, ſi je ne con-
noiſſois la droiture de votre cœur & la ſageſſe
de votre eſprit ? Vous n'y êtes que trop expoſé à
rencontrer de ces *légions bruyantes de hardis
Pygmées*, toujours prêts à eſcalader le Ciel, à
blaſphémer contre un Dieu qu'ils ignorent, &
à inſulter à la bonne foi de ceux qui le révèrent
avec la ſimplicité de leurs peres. Armez-vous
de vos principes, mon cher ***, & faites-en
un rempart inacceſſible à leurs traits : *Fili mi ſi
te lactaverint peccatores, non acquieſcas.* Souvenez-vous que la Religion eſt la baſe de tou-

tes les vertus, & que sans elle il n'y en a point
de véritables :

Qu'aisément, cher ami, l'honnête homme est chrétien.

Dans peu je vous enverrai la suite de mes
Remarques, & elles vous dispenseront, je crois,
de faire l'acquisition du mauvais Livre qui en
est l'objet. Adieu, mon ami, je vous embrasse
bien tendrement, & suis tout à vous.

On m'apporte dans le moment une Lettre
que je joins à la mienne, & c'est autant de be-
sogne faite pour moi. L'Auteur, homme sçavant, connu par d'excellens Ouvrages, s'est
chargé de venger la mémoire du grand Bossuet,
& il le fait avec succès. Personne n'étoit plus
en état de repousser l'offense, parce que personne ne connoît mieux les écrits de cet illustre
Prélat, & qu'actuellement il travaille à un Ouvrage important, dans lequel seront à jamais
foudroyés les très-petits censeurs de ce Pere de
l'Eglise de France.

*P. S.* J'ajouterai encore un mot sur un trait
que je me rappelle dans le moment, & qui
seul suffit pour caractériser l'impudence cynique de l'Auteur ; il se trouve, je crois, à la
page 11 du troisiéme volume. C'est-là, qu'a-
près avoir rendu compte de la dispute de
Ramus avec l'Université, au sujet d'Aristote,
& des Arrêts du Parlement en faveur de ce
dernier, l'Ecrivain introduit Descartes qui se
retire dans le fond de la Hollande, & puis il
ajoute : LOIN DES MIDAS EN ROBE, &c. Vous ne
devineriez peut-être pas à qui s'adresse cette
expression si injurieuse, si indécente ? Aux pré-

décesseurs de ces illustres Magistrats que la France chérit & respecte, que l'Europe admire, & dont le zele intrépide se signale avec tant d'éclat, sous l'autorité de l'auguste Monarque qui nous gouverne, contre les excès du fanatisme, la licence de la Morale corrompue, & les délires de l'impiété.

# LETTRE

*Au sujet du Jugement porté par l'Auteur du Livre intitulé :* Querelles Littéraires, &c. *fur la dispute du Quiétisme entre Messieurs Bossuet & Fenelon.*

VOus exigez, Monsieur, que je dise mon avis sur l'ouvrage intitulé : *Querelles Littéraires*, ou *Mémoires pour servir à l'Histoire des révolutions de la République des Lettres, depuis Homere jusqu'à nos jours.* J'en ai parcouru le premier volume. Je vous prie de ne pas exiger de ma complaisance d'achever la lecture d'un Livre, qui peut, peut-être, amuser les gens oisifs, mais où les personnes sensées ne trouveront rien d'utile.

En général, l'Auteur n'est presque jamais au fait, ni des Ecrivains dont il parle, ni des disputes sur lesquelles il décide. Faute de ces connoissances, absolument nécessaires à quiconque s'établit juge des *Querelles Littéraires*, il prononce au hazard, & se borne presque toujours à répéter ce qu'ont dit avant lui des censeurs partiaux, ignorans, mauvais critiques, & sans jugement.

Un Ecrivain tant soit peu judicieux, n'auroit eu garde d'avancer ce que celui-ci dit d'un ton

d'affurance de la difpute de S. Bernard (1) &
d'Abailard. Il fait S. Bernard, *jaloux d'Abailard*,
& cette jaloufie, felon lui, fut l'unique caufe
de leur querelle. Je laiffe aux fçavans Bénédictins, Auteurs de *la France Littéraire*, à venger
le faint Docteur des infultes multipliées que
lui fait ce frivole Cenfeur. J'obferverai feulement qu'il ne rend juftice, ni à S. Bernard, ni
à Abailard, qu'il ne connoît ni le Saint, ni fon
adverfaire, qu'il n'a pas la plus légere notion
de leurs Ouvrages & de l'état des queftions
dont il s'agiffoit entr'eux, qu'enfin fi S. Bernard
étoit tel qu'il le repréfente, il faudroit non-
feulement le rayer du catalogue des Saints,
mais même ne le pas mettre au nombre des
honnêtes gens. Un homme qui prend un ton
infolemment impérieux, qui parle par paffion,
par jaloufie, par *envie fecrette de mortifier celui
qui peut feul difputer avec lui d'efprit & d'érudition*, & cela pour avoir la frivole gloire d'a-
battre un compétiteur & de fe donner les hon-
neurs du triomphe, & non de terraffer les erreurs, & de faire triompher la vérité : un tel
homme n'eft pas, au moins dans le Chriftianifme, ce qu'on appelle un honnête homme.

La difpute fur le Quiétifme entre MM. Boffuet & Fenelon (2) eft encore racontée par le
même Auteur d'une maniere qui montre fa
profonde ignorance fur le fond de la contef-
tation, fur le caractère des deux contendans,
fur l'Hiftoire Littéraire de cette difpute,
fur le mérite des écrits faits de part & d'autre.
Je foutiens que fi l'on ôtoit de fon Ouvrage ce
qu'il a pris dans le Miniftre Jurieu, dans les

(1) Pag. 78 & fuiv. (2) Pag. 164 & fuiv.

Gazettes de Hollande de ce tems-là, dans un tas de petits Auteurs morts de leur vivant, qui pendant le cours de la dispute inonderent la France & l'Italie de leurs libelles, dans le siécle de Louis XIV, de Voltaire, dans les Mémoires infideles de Madame de Maintenon par la Beaumelle, l'un & l'autre, copistes serviles des petits Auteurs & des Gazettes dont je viens de parler, & qui comme eux, écrivent sans exactitude, sans connoissance de la matiere, sans avoir lû les ouvrages, & sans avoir examiné la suite & l'enchaînement des faits; je soutiens, dis-je, que si l'on retranchoit de son long article sur Bossuet & Fenelon ce qu'il a pris de ces différens Auteurs, il ne resteroit pas une ligne entiere qui fut de lui & à lui. Ses larcins sont innombrables. Il est moins Auteur que misérable compilateur de mauvaises rapsodies qu'il reproduit après les avoir repetassées à sa mode.

Sa manie perpétuelle est d'attribuer aux grands hommes, à S. Bernard, à M. Bossuet, des sentimens vils qui deshonoreroient des personnes du commun. *Bossuet*, dit-il, *après s'être long-tems regardé comme le maitre & l'ami* (de Fenelon) *en étoit devenu le rival.* Quelle platitude! mais quel étoit l'objet qui rendoit Bossuet rival de Fenelon? Il ne le dit pas. Je me trompe. Il prétend qu'ils aspiroient l'un & l'autre à la place de premier Aumônier de Madame la Duchesse de Bourgogne. Voilà donc, selon lui, la cause de la *Querelle* du Quiétisme. L'anachronisme est grossier. La dispute se poussoit depuis près d'un an avec beaucoup de vivacité de part

& d'autre, lorfqu'on fit le mariage du Duc
de Bourgogne avec la Princeffe de Piémont,
& l'on ne fongea à faire la maifon de cette
Princeffe que plufieurs mois après fon mariage. Il eft donc faux que l'ambition de la
place de premier Aumônier ait caufé la rupture entre les deux Evêques. J'ajoute que le
dépofitaire des papiers de M. Poffuet eft en
état de faire voir par des pieces probantes
qui font entre fes mains , que l'Evêque de
Meaux ne fit pas un pas , une démarche ,
une follicitation pour avoir la place de premier Aumônier de la Princeffe , & que Louis
XIV la lui donna de fon plein gré , fans que
le Prélat l'eut ou demandée ou fait demander. Notre Cenfeur fournira-t-il au moins
quelque preuve apparente de cette puérile &
indécente rivalité ! Il n'en indique aucune.
C'eft que les Ecrivains dont il eft l'écho, ne
lui en fourniffent point , & que contens d'in-
vectiver avec acharnement contre un homme
célebre , ils ne fongent pas même à mettre la
vraifemblance dans leurs impertinentes déclamations. Que dire à des calomniateurs de
cette efpece , qui parlent en l'air, qui déchirent la réputation de ceux qui font le
plus en poffeffion de l'eftime publique , &
qui, fans examen , fans preuve quelconque,
avancent contr'eux les faits les plus inouis,
les plus incroyables. Le *Mentiris impudentiffi-*
*mè* du bon P. Valerien, eft la feule réponfe
qu'ils méritent. Prouvez, leur diroit-il, ou je
vous regarderai comme d'infignes calomniateurs.

Le dépofitaire des papiers dont je viens de

parler, a fur le démêlé de M. Boffuet avec M. de Fenelon, beaucoup de piéces importantes qui n'ont jamais vû le jour. On a lieu d'efpérer qu'enfin il les publiera, & qu'il couvrira de confufion les critiques malins & ignorans, qui croient fe faire un nom en attaquant bien ou mal ce grand Evéque. S'il vivoit encore, oferoient-ils fe mefurer avec lui? Oferoient-ils même paroître, & ne trembleroient-ils pas d'effroi à la vue de ce vieillard vénérable blanchi dans les combats, de ce terrible athlete, toujours vainqueur, toujours invincible, de ce redoutable Héros, accoutumé dès fon enfance à étouffer les monftres d'erreur & d'irréligion?

Le narrateur des *Querelles Littéraires* eft fi peu inftruit de ce qui devoit faire la matiere de fon examen, qu'il ignore même ce que c'eft que le Quiétifme moderne. On voit par ce qu'il dit, qu'il n'a pas lu un feul des ouvrages faits de part & d'autre. Son unique talent eft de parler beaucoup, ou plutôt de balbutier en invectivant, & de décider en maître fur des chofes, ou qui lui font abfolument inconnues, ou dont il n'a pris qu'une teinture légere & fauffe dans des Ecrivains qui n'en fçavoient pas plus que lui. Plus ces Auteurs font profondément ignorans, plus ils font préfomptueux & hardis dans leurs décifions magiftrales. Je les regarde comme les fléaux ou comme la vermine de la Littérature.

Cet homme décifif, à l'exemple de ceux dans les écrits defquels il puife tout fon fçavoir, ne rend juftice à aucun des Auteurs qu'il met fur la fcene. Boffuet, felon lui, eft baſſement jaloux de Fenelon, Madame Guyon eſt une folle à mettre aux petites Maiſons, Fenelon, fidele diſciple de cette folle, adopte toutes ſes chimeres, défend toutes ſes folies, & pourtant, ſi l'on veut l'en croire, ces trois perſonnages ſont des gens du premier mérite, d'un génie ſupérieur. Qu'il accorde, s'il peut, ces contrariétés.

Je le vois reſaſſer avec complaiſance l'anecdote calomnieuſe, fabriquée par le Miniſtre Jurieu, cet homme fougueux, que les Proteſtans, d'accord en ce point avec les Catholiques, regardent comme un chien enragé, qui mord & déchire amis & ennemis. Cette belle anecdote du prétendu mariage de M. Boſſuet & de Mademoiſelle des Vieux de Mauleon, étant répétée par Voltaire & la Beaumelle, devoit auſſi trouver ſa place dans les *Querelles Littéraires*. Mais que fait ce mariage à l'Hiſtoire du Quiétiſme, dont il eſt uniquement queſtion ? D'ailleurs, on ne mérite que d'être traité de calomniateur, quand on avance ſans preuve un fait de cette nature. Enfin je ſçais certainement que le dépoſitaire des papiers de M. Boſſuet eſt en état de venger ſur cet article même la mémoire du grand Evêque de Meaux, contre les calomnies abſurdes de ſes ennemis & de quelques menus Littérateurs.

Notre faux critique ſe connoît ſi mal en bons ouvrages qu'il décide, en copiant à ſon ordinaire Voltaire & la Beaumelle, que de tous les ouvrages de M. Boſſuet, ſes Oraiſons funebres & ſon Diſcours ſur l'Hiſtoire Univerſelle, ſont les ſeuls qui méritent l'immortalité. Juge pitoyable, & digne de risée, qui ne voit rien de grand, rien qui mérite l'immortalité dans l'Histoire des Variations, dans les Controverses contre Leibnitz, Molanus & autres, dans la défense des quatre articles du Clergé de 1682, dans la Politique tirée de l'Ecriture Sainte, dans les ouvrages contre Richard Simon, dans ceux même sur le Quiétisme, dans les Elévations & les Méditations, & dans beaucoup d'autres écrits de ce sçavant & laborieux Prélat. Il auroit parlé plus juste, plus convenablement, s'il avoit dit que les productions de M. Bossuet, partagées entre plusieurs, les auroient conduit infailliblement à l'immortalité.

Il se joint encore à la Beaumelle, pour arracher à M. Bossuet la Justification du Livre des *Réflexions Morales*. N'est-ce pas assez que M. le Cardinal de Noailles l'ait publiée comme étant de cet homme célèbre. Non, dit-il insolemment, car *jamais on n'en a produit l'original*. Eh bien ! fermons la bouche à ce censeur qui demande des preuves si précises, & qui n'en donne jamais des faits incroyables qu'il avance : je déclare & j'atteste que l'original en question est entre les mains du dépositaire des papiers du sçavant Evêque.

Il finit, en se joignant à Voltaire pour accuser calomnieusement M. Fenelon d'avoir fait sur la fin de ses jours *des vers galans dans le goût de ceux de Quinaut,* & pour mettre le comble à l'impudence, il ajoute, toujours avec Voltaire, que MM. Bossuet & Fenelon *avoient une façon de penser toute philosophique, & que s'ils étoient nés à Londres, ils auroient donné*

*l'essor à leur génie , & déployé leurs principes ,*
*que personne n'a bien connu.* Cela veut dire en
bon François, que l'un & l'autre n'avoient
point de religion , & que s'ils paroissoient en
avoir, c'étoit parce qu'il n'est pas permis en
France comme à Londres, de donner l'essor au
génie faussement nommé philosophique. Est-il
permis à des Littérateurs, quels qu'ils soient,
de former, sans la plus petite preuve , des accusations aussi atroces contre des gens de bien,
contre des Prélats d'un mérite éminent , & qui
se sont principalement distingués par un zele
toujours uniforme & actif pour la Religion ?
Si la Justice ordinaire ne punit pas de tels for-
faits , le Public éclairé venge les grands hommes outragés , par un souverain mépris pour
leurs audacieux & vils accusateurs.

On m'a dit que les trois derniers volumes
des *Querelles Littéraires* sont pleins de bévues,
de puérilités , d'anacronismes, d'inconséquen-
ces , de jugemens téméraires , faux, absurdes,
dictés par une ignorance présomptueuse, & par
une haine envenimée contre le vrai mérite.
Cela ne m'étonne pas, & le premier volume
m'avoit suffisamment appris qu'on ne peut attendre autre chose d'un pareil Auteur.

Son style a de la légereté & une sorte d'é-
légance ; mais il est sans force & sans nerfs.
C'est que le génie prétendu philosophique,
propre aux jolies saillies, aux petites gentil-
lesses, souvent aux grandes platitudes, ne peut
jamais monter jusqu'à l'éloquence mâle & vigoureuse du grand Bossuet, qui renferme plus
de choses que de mots.

Je suis, &c.

*Ce 20 Décembre 1761.*

*P. S.* Je crois, Monfieur, devoir prévenir une objection que vous pouvez me faire. Il faudroit, direz-vous, pour réduire au filence les vils accufateurs du grand Boffuet, produire contr'eux les pieces que j'indique comme étant dans le dépôt des papiers du fçavant Evêque. Je répons 1°. Que c'eft à l'accufateur à prouver, & que faute de le faire, tous les honnêtes gens ne le peuvent regarder que comme un calomniateur effronté. Ainfi un fimple démenti eft une réfutation fuffifante. 2°. Les pieces juftificatives que je cite, étant entre les mains du dépofitaire dont j'ai parlé, c'eft à lui feul à les publier. Je fçais qu'il travaille actuellement à un ouvrage très-important, par lequel en faifant connoître M. Boffuet en grand & tout entier, il fera taire pour toujours la calomnie & les calomniateurs.

# SECONDE LETTRE

## A M *** ,

SUR l'Ouvrage intitulé : Querelles
Littéraires, ou Mémoires pour servir
à l'Histoire des Révolutions de la
République des Lettres, depuis Homère
jusqu'à nos jours. 4 volumes in-12.
A Paris, chez Durand, Libraire,
rue du Foin.

LA Lettre que je vous ai écrite, mon Ami,
au sujet des Querelles Littéraires, étant de-
venue publique, c'est un motif de plus pour
moi d'acquitter ma parole, en vous envoyant
la suite de mes remarques sur ce mauvais Ouvrage. La gravité des accusations que j'ai intentées contre l'Auteur, exige des preuves ;
& je ne suis embarrassé que sur le choix. Je
le serois sans doute moins, si j'étois déterminé
à réfuter les quatre volumes pied-à-pie l ; mais
il faudroit pour cela approfondir, discuter,
développer les faits, mettre de l'ordre dans la
narration, du goût dans l'arrangement des
matières, substituer la méthode à la confusion, la lumière au chaos, la vérité au mensonge ; en un mot, faire un Livre tout nouveau sur un sujet si intéressant. Or, n'ayant ni

A

le temps ni les talens néceſſaires pour exécuter
un tel plan, je me reſtreins à prouver ce que
j'ai avancé dans ma première Lettre, que l'Auteur montre autant d'ignorance que de mauvaiſe foi, de malignité que de vice de jugement, dans les ſujets qu'il traite, & que ſa compilation eſt bien plutôt la *chronique ſcanda-
leuſe des Gens de Lettres*, que l'hiſtoire de
leurs démélés. Mais avant que d'entrer en matière, je dirai un mot ſur une objection que
l'on a dû faire en liſant cette première Lettre :
Quel rapport M. le Franc a-t-il avec l'Ouvrage
critiqué ? Aucun, ſans doute ; & quoique
M. de * * * en ait beaucoup, comme le héros
de l'Auteur des *Querelles*, peut-être ne venoit-
il guères mieux à mon ſujet, que l'illuſtre
Préſident. J'avoue tout cela, & mon excuſe ſe
trouve à la fin de la Lettre ; c'eſt que je n'ai
pas dû me gêner en vous écrivant. D'ailleurs,
je ne vous diſſimulerai pas que j'ai ſaiſi avec
empreſſement l'occaſion, bien ou mal amenée,
de vous pénétrer de tout mon reſpect pour un
Auteur, qui honore ſes grands talents par
l'uſage qu'il en fait, dont la plume s'eſt exer-
cée avec tant de ſuccès à chanter la gloire du
Très Haut, à défendre les intérêts de ſes Con-
citoyens, & à enrichir les Lettres ; de vous
inſpirer de l'eſtime pour ſes Ouvrages, qui ne
reſpirent que la ſageſſe & le bon goût, & de
vous remplir de toute mon indignation contre les lâches ennemis, qui ne le déchirent
qu'en haine de ſa vertu. Eh ! quel autre motif
auroit pu attirer l'orage épouvantable qui a ſi
long-temps grondé ſur ſa tête, ſinon d'avoir
prononcé un Diſcours très-éloquent, dans lequel il a mêlé les intérêts de Dieu ? N'ai-je pas

été témoin d'applaudissemens forcenés, que
valut, il y a quelques années, au Récipien-
daire, un Discours aussi mauvais pour la forme, que détestable pour le fond ? Mais il y
avoit une forte dose d'impiété, & il n'en fallut
pas davantage pour assurer le succès. Par ce
contraste si révoltant, vous pouvez juger,
mon cher ***, combien les cœurs sont cor-
rompus, combien les esprits sont gâtés ; & ne
cherchez la cause de cette corruption générale, que dans les écrits de ce Poëte, pour
qui, ni les mœurs, ni la bienféance, ni la vérité, ni la Religion, n'ont jamais rien eu de
sacré. Ils sont d'autant plus dangereux, que
l'Auteur a malheureusement l'art de se faire
lire, qu'il réduit l'impiété en maximes pom-
peuses, & que ses blasphêmes deviennent des
proverbes fastueux. Mais le poison en est-il
moins poison, pour être présenté dans une
coupe dorée, & la magie du style doit-elle dis-
traire sur un venin d'autant plus pernicieux,
qu'il est plus habilement préparé ? Dans l'ancienne République de Sparte, on défendit les
Poësies d'Anacréon, infectées d'une morale
exécrable, & de maximes propres à corrompre les mœurs. La prudence n'exige-t-elle pas
que l'on interdise de même aux jeunes gens
des écrits où, tour-à-tour, la Religion est ha-
billée en impiété, & l'impiété en Religion, &
dont aucun n'est exempt de cette hardiesse
satyrique ou irréligieuse, qui caractérise
l'Auteur ? C'est aussi le sage conseil que donne
aux parens & aux maîtres un Sçavant esti-
mable par des Ouvrages utiles ; conseil que je
me ferois un devoir de vous donner, mon
cher * * *, si je ne connoissois tout votre

A ij

éloignement, toute votre horreur pour cette orgueilleuse Philosophie, dont la sacrilege audace fronde tout, détruit tout, & va insulter le Très-Haut jusques dans son Sanctuaire impénétrable. C'est ce même combat qu'auroit dû donner le Prêtre, auteur des *Querelles Littéraires* : en louant les grands talens de M. de ***, ne devoit-il pas gémir sur l'abus effroyable qu'il en a fait; prémunir les Lecteurs contre les excès monstrueux de cet Écrivain, dont la plume toujours trempée dans la fange de l'impureté, ou le fiel de la satyre, & accoutumée aux horreurs du blasphême, nous rappelle le souvenir odieux de ce frénétique du seizième siécle, dont le nom fait rougir la pudeur, comme d'une expression indécente? Quelle idée le Compilateur nous donne-t-il de sa religion & de ses mœurs, quand on le voit faire du moderne *Aretin*, sa divinité dominante, qu'il encense jusqu'à la fadeur, & à laquelle, en religieux sectateur, il immole, comme autant de victimes, tous les grands Hommes qui ont illustré le siécle de Louis XIV & le nôtre ? Le premier, dont la bile caustique se répandoit par flots sur les têtes les plus éminentes qui avoient la foiblesse de le craindre, fut nommé *le fléau des Princes*. Le second, par son style mordant, sa licence effrénée, son humeur fougueuse & satyrique, ne mérite-t-il pas le surnom de *fléau des gens de biens ?* En est-il un seul qu'il ait épargné dans l'ivresse de son orgueil, & malgré la belle morale quelquefois répandue dans ses écrits, sur les égards que se doivent les gens de lettres, dans le fait, n'a-t-il pas déchiré impitoyablement quiconque s'est permis la plus légère critique de ses ouvrages ? N'a-t-il pas, dans tous les temps, joué le rôle du Philosophe de la Comédie, qui débite les plus belles choses du monde sur la douceur & la modération, & qui à l'instant se met en fureur sans sujet, & en vient aux mains ? Cette déclaration authentique, faite solemnel-lement en 1746, qu'il vouloit *vivre & mourir tranquille dans le sein de l'Eglise Catholique, Apostolique & Romaine, sans attaquer per-sonne, sans nuire à personne, sans soutenir la moindre opinion qui puisse offenser personne,* n'a-t-elle pas été plus solemnellement encore démentie par cette nuée de libelles détestables qui prouvent autant la corruption du cœur de l'Ecrivain, que la malignité de son esprit ? Cet ennemi de Dieu & des hommes, ne s'en prend-il pas au ciel & à la terre du chagrin qui le dévore dans sa retraite forcée ; & à tra-vers les descriptions emphatiques de son pré-tendu bonheur, n'apperçoit-on pas les mar-ques sensibles de son dépit ? Il a donc autre chose à faire *qu'à jouir de sa gloire,* comme le prétend l'Auteur des *Querelles Littéraires ?* Oui, c'est de réprimer cet orgueil monstrueux, principe radical de tous ses vices ; & pour lui en faciliter les moyens, il faut renoncer à le flatter avec bassesse, comme le fait notre Ecri-vain ; il faut le louer à propos, & le critiquer de même. C'est la méthode que je suivrai en continuant l'examen de l'ouvrage qui semble n'avoir été fait que pour servir de monument à sa gloire : & si les avis charitables que je prendrai la liberté de donner à M. de ***. sont quelquefois assaisonnés d'amertume, c'est que la charité a ses aiguillons, ainsi que la colere ;

& que l'Ecriture nous apprend qu'il est quelquefois nécessaire de rompre la dureté d'un front, par un front encore plus dur. Au reste, il ne lui conviendroit pas de s'en plaindre, & il a tellement excédé lui-même les bornes de la critique, qu'on ne doit plus en reconnoître à son égard ; aussi est-il dans le cas de ces Corsaires qui infestent les mers en tems de paix, & que l'on pend par-tout où on les trouve.

Je ne m'arrêterai point aux *querelles* des anciens ; s'il n'y a rien à relever, il n'y a aussi rien à apprendre dans ce qu'en dit l'Auteur : ce sont des détails que l'on trouve partout ; & je dirai seulement que cette partie se ressent du vice général de l'ouvrage, le défaut d'ordre & de méthode. L'article de saint Bernard est fait avec autant de méchanceté que d'inéxactitude, & il mérite une réfutation particuliere ; c'est ce que nous devons attendre des sçavans Bénédictins, Auteurs de la *France Littéraire*. Il y en a très-peu qui n'exigent une pareille réforme ; mais, comme je vous l'ai déja dit, je ne prends sur moi que de justifier les reproches que j'ai faits à l'Auteur, d'ignorance, d'imposture & d'infidélité. Je viens à la preuve : A l'article de l'Abbé Boileau, frere du Poëte, page 297 du premier volume, il s'exprime ainsi : *Cet esprit bisarre n'a jamais rien donné que de bisarre ;* & tout de suite il cite *la vie des Evêques*, la *résidence des Chanoines*, ouvrages qui n'ont assurément rien de bisarre, & dont le premier n'est que la traduction d'un Traité de Grenade. Boileau en a fait beaucoup d'autres remplis de recherches, & qui ne méritent nullement la note que l'Ecrivain applique trop libéralement à toutes les productions de la plume de cet Abbé. Son *Hiſtoria Flagellantium* fit, à la vérité, beaucoup de bruit, & fut vivement critiquée par Thiers & du Cerceau ; mais où a-t-il pris que Boileau la traduiſit en François ? Il faut lui apprendre que cette traduction étoit l'ouvrage d'un Anonyme, & que l'Auteur du Traité Latin, qui ne la connut que loiſqu'elle fut imprimée, publia des *Remarques* pour relever les bévues du Traducteur, & les endroits qu'il avoit traduits d'une manière très-indécente. N'y a-t-il pas de la malice à mettre le Livre *de Tactibus impudicis*, en parallèle avec l'infâme ouvrage de Chorier ? Les deux Ecrivains avoient-ils le même but ? Le premier fit un Livre ſur cette matière délicate, pour l'inſtruction de ceux, qui par état, doivent l'approfondir, & il écrivit en Latin. Le ſecond, du ſein de la débauche & de la corruption dans laquelle il étoit plongé, n'a parlé que le langage de la lubricité la plus outrée, & il n'avoit d'autre motif que de corrompre. Un Caſuiſte eſt obligé de traiter certains ſujets, & il doit le faire avec toute la réſerve & la décence qu'inſpire l'amour de la chaſteté : mais qui forçoit le chantre du grand Henri à ſcandaliſer ſon ſiécle par les infâmies & les turpitudes dont il a deshonoré la Pucelle ? L'article de Deſp. qui ſuit celui du Docteur ſon frere, commence par une déciſion magiſtrale, qui pourroit peut-être trouver des partiſans aujourd'hui ; mais dont à coup ſûr la poſtérité appellera. Le Compilateur en veut aux *Satyres* du Poëte, & il prétend qu'elles ne l'immortaliſeront pas. Je crois que M. de *** eſt le premier qui ait hazardé cette idée ſinguliére ; &

combien d'échos imbécilles l'ont répétée d'a-
près lui ? Mais empêchera-t-elle que les *Satyres*
de nôtre Horace François n'ayent dans leur
genre tout le mérite de celles de l'ancien ; que
l'on n'y trouve le bon fens, le fel & le goût
précieux qui caractérifent celles du Romain ;
que l'on n'y reconnoiffe par-tout un Poëte
ami du vrai, ennemi déclaré du vice & du
mauvais goût, armé contre l'un avec force,
& contre l'autre avec difcernement, fans jamais fortir des bornes de la modeftie & de la
retenue ? La huitiéme & la neuviéme fur-tout,
font des chefs-d'œuvres complets, foutenus
d'un bout à l'autre par la juftefle du raifon-
nement, par la pureté & l'élégance du ftyle,
par la force & la délicateffe des penfées, &
enfin par l'harmonie de vers, les meilleurs
qui ayent été faits dans notre langue, fans
même en excepter ceux de la *Henriade*. La
onziéme, fruit de la vieilleffe d'un grand
Poëte & d'un homme de bien, eft à la vérité, inférieure aux premieres pour l'exécution ; mais on y reconnoît encore la force de
fon pinceau, la légéreté de fa fatyre, & l'exactitude de fa verfification ; & tel qui s'eft avifé
de dire :

De la trifte équivoque il rougit d'être pere.

feroit fort heureux de n'avoir pas lui-même
d'autre fujet d'être honteux. Continuons donc
à croire, malgré le poids accablant de l'autorité
de M. de ***, que les Satyres de notre Poëte
le feront paffer à la poftérité la plus reculée.

Page 319 du même article, autre trait de malignité ou d'ignorance de la part du Narrateur, qui défigure un mot de Defp. au fujet

de Bourſault. *C'eſt le ſeul homme*, lui fait-il dire, *que j'aie craint*. Boileau avoüa ſeulement, que de tous les Auteurs qu'il avoit critiqués, Bourſault étoit celui qui avoit le plus de mérite, & cet aveu eſt une preuve de plus, que le Satyrique, juſte appréciateur des talens, ſçavoit les reconnoître dans ceux même qui étoient l'objet de ſa cenſure. Mais ce qui ſuit eſt marqué au coin de la plus inſigne noirceur. Page 331 du même volume, ſe lit un anecdote impertinente, qui n'eut jamais de fondement, que l'on donne pour hazardée, & que l'on rapporte cependant avec complaiſance : particularité que l'on n'a imaginée & que l'on ne cite, que pour infirmer la ſageſſe du ſévère Boileau. On ne veut pas qu'il ait été vertueux par goût, & il faut recourir à une cauſe Phyſique à laquelle on rapporte ſes traits contre Lulli & Quinault, ſon averſion pour les Poëſies licentieuſes, cette ſincérité de mœurs qu'on admire dans ſes Ouvrages, ſes liaiſons avec P. R., ſon éloignement pour les Jéſuites. Eh quelle eſt la vertu qu'on ne viendra pas à bout de rendre ſuſpecte, ſi d'auſſi indignes fables trouvent quelque créance ! La pureté eſt-elle donc une chimère, un être de raiſon, & l'homme ne ſera-t-il chaſte, que lorſqu'il n'aura pas la force d'être corrompu ? Rappellez-vous, mon Ami, que c'eſt un Prêtre, un Miniſtre de Jeſus-Chriſt, dont le cœur devroit être auſſi pur que les mains, qui ne craint pas de perpétuer un menſonge groſſier, pour jetter des ſoupçons odieux, ſur le plus ſage de nos Poëtes, & réduire la pureté de ſes mœurs à un acte d'impuiſſance : Boileau a, dit-on, maltraité Qui-

hault ; & je réponds que rien ne lui fait plus
d'honneur ; zélé partisan de la vertu , exempt
des paffions qui tyrannifent l'ame , ennemi par
religion & par goût, de tout plaifir illégitime ,
pouvoit-il approuver des Poéfies qui ne prê-
chent que l'amour , & n'infpirent que la molleffe ; des vers dont la lecture eft infoutenable
à tout homme fenfé , quand ils font dépour-
vus des charmes de la mufique , & de tout
l'appareil du théâtre ? N'eft-il pas bien édifiant d'entendre l'apologie des vers amoureux
de Quinault , fortir d'une bouche qui ne devroit faire retentir que les louanges du Seigneur ? L'Auteur finit enfin fon article par un
jugement qui ne fait pas plus d'honneur à fon
efprit, que tout ce que je viens de lui reprocher, en fait à fon cœur. *On ne peut lui refufer ,*
dit-il , *toutes les parties d'un grand Poète ,*
*excepté l'invention.* Mais quoi ! le *Lutrin* ,
le plus régulier & le feul Poème véritablement
épique que nous ayons en France, où l'on
admire le génie créateur, l'imagination bril-
lante & l'élocution digne de l'Epopée , man-
que-t-il donc d'invention , & faudra-t-il chercher cette partie qui feule conftitue le grand
Poète , dans la *Henriade* , ce chaos éblouiffant de pompeufes tirades , ce mauvais tiffu
de fictions ufées ou déplacées , qui n'eft pas
plus un Poème Epique, que le feroit *l'Hif-*
*toire de Charles XII.* mife en vers ?

A l'article de *Racine* , page 337 du premier
volume, l'Auteur nous promet de nouvelles
particularités fur la perfonne de cet illuftre
Poète , & il ne fait que défigurer le récit fi
exact du Fils de ce grand homme. S'il eût
fuivi ce guide fidèle , il ne fe fût pas avifé

de faire conseiller à Racine par Desp. de *ménager davantage des gens dont il avoit autrefois embrassé les IDÉES, & dont il pourroit reprendre un jour la façon de penser.* Qu'entend-il par les *idées* de M. de P. R. ? Ne diroit-on pas qu'il ne s'agissoit que de quelques sentimens arbitraires, qu'il fût indifférent d'adopter ou de ne pas suivre ? Et cependant il y alloit des points les plus essentiels du dogme & de la morale, dont l'Auteur ne paroît pas fort instruit, ou semble se soucier très peu. Le sage Despréaux ne fit que représenter à son Ami qui lui montroit sa seconde Lettre contre P. R, que cet ouvrage feroit honneur à son esprit, mais n'en feroit point à son cœur, parce qu'il attaquoit des hommes fort estimés, auxquels il avoit de grandes obligations. *Eh bien,* répondit Racine, pénétré de ce reproche, *le Public ne verra jamais cette seconde Lettre.* Il la supprima en effet, & retira tous les exemplaires qu'il put de la premiere, dont il eut par la suite un si vif repentir. Ce ne fut point non plus pour plaire à ces MM. que Racine quitta la *Comédie* & les *Comédiennes* ; ce fut parce que les grands sentimens dont il avoit été rempli dans son enfance, & qui avoient été long-temps assoupis dans son cœur, sans s'éteindre, se réveillerent tout à coup. Alors il avoua avec ses premiers Maîtres, que les *Auteurs des pièces de Théatre étoient des empoisonneurs publics ;* & il eut de plus la générosité de reconnoître qu'il étoit peut-être le plus dangereux de tous. Il se reconcilia avec Nicole, qui le reçut à bras ouverts, & se jetta aux pieds du G. Arnaud avec la confusion & l'humilité d'un coupable qui vient demander

grace. Cet illuftre Poëte ne renfermoit pas dans
fon cœur le *fiel le plus amer*, comme on ofe
l'en accufer, pour faire une mauvaife antithèfe avec la *molleffe* prétendue de fes Poëfies;
il avoit feulement du penchant à la raillerie:
mais la piété corrigea en lui ce défaut, dans les
dernieres années de fa vie.

L'Auteur commence fon fecond Volume par
la *querelle* qui s'éleva au fujet de l'*Hiftoire des
Oracles*, entre Fontenelle & le P. Baltus, Jéfuite. *C'eft*, dit-il, *un des meilleurs Ouvrages
de l'illuftre Fontenelle*; & plus bas il avoue
que le fond n'eft pas de lui; que Fontenelle
n'eft prefque qu'un traducteur, & qu'il n'a
donné fon Hiftoire que d'après le Livre de
Vandale, Médecin Anabaptifte de Harlem. Il
pouvoit ajoûter que le Hollandois avoit pris
fon fyftême dans les *Commentaires* de Ma-
chiavel, fon *Tite-Live*, & dans fon livre du
*Prince*: que Vanini avoit aufli traité cette
matière dans fon *Amphitéâtre*, quoiqu'il eût
pris une route différente, après Pomponace.
Ainfi ni les deux *Differtations* du Médecin Hollandois, ni l'Abrégé qu'en a fait Fontenelle,
ne font des Ouvrages originaux; & la traduction du dernier, quoique revêtue de toutes
les graces du ftyle, ne le menera pas plus fûre-
ment à la poftérité, que fes *Églogues*, fes
*Opéra*, fes *Dialogues des morts*, fes *Lettres
du Chevalier d'Her*; mais il y ira avec éclat
par fon *Hift. de l'Acad.* par fes *Eloges des
Académiciens*, & fa *Pluralité des Mondes*,
Ouvrages bien faits, qui à la juftefle & à la
précifion, réuniffent le mérite fingulier de
mettre à la portée des Lecteurs les moins inf-
truits, les matières les plus abftraites. *Les*

*Dévots furent foulevés*, continue notre Compilateur, *ils crurent voir une des principales preuves du Chriftianifme, renverfée*; ils le crurent avec raifon, & le P. Ballus, *qui n'eut pas befoin d'adreffe pour lier fon fyftéme à la religion*, felon l'expreffion indécente de l'Auteur, le fit bien voir, en foudroyant & Vandale & fon Abbréviateur, dont l'irreligion n'étoit déja que trop connue *par la Relation curieufe de l'Ifle de Borneo*, ouvrage trèsimpie, que le Frere Compilateur a l'impudence d'appeller *une plaifanterie*. Or, vous fçaurez que cette *Relation* eft une allégorie dans laquelle on met aux mains Rome & Geneve, *Meréo*, *Eenégu*, filles de *Mliféo*, l'Eglise, pour tourner en ridicule nos plus auguftes myftères; & voilà ce que l'exJéfuite appelle une *plaifanterie*. Auffi affecte-t-il dans tout cet article, de parler de cabale, de perfécution, d'exalter la tranquillité d'ame de Fontenelle, qu'il oppofe aux clameurs des Dévots, qui cependant ne montrerent qu'un zèle très-louable contre un homme qui a toute fa vie fait profeffion de l'incrédulité, dans laquelle il eft mort. D'après ce détail, vous êtes tenté, fans doute, mon cher Ami, de foupçonner que le fymbole de notre Prêtre n'eft pas plus long que celui de l'Hiftorien de l'Académie? Attendez, & vos foupçons feront changés en certitude. Il s'agit d'un autre maître d'erreur, du fameux du Marfais, homme de très-grand mérite, fur-tout d'un efprit net & jufte, propre aux matières qui demandent de la difcuffion & de l'analyfe & qui a connu mieux que perfonne, la Métaphyfique de la Grammaire. L'Auteur fe plaint qu'on

avoit rendu *suspecte* la religion de du Marsais ;
mais il ne l'avoit que trop rendue suspecte lui-
même ; & sans recourir à des contes absurdes,
notre Ecrivain ne convient-il pas qu'il y avoit
des *acccusations bien fondées* ? Elles l'étoient
sans doute, & si je voulois entrer dans le détail, j'en dirois plus qu'il ne faut, pour *contester*
à du Marsais *la gloire d'un changement sincère
& d'un retour édifiant.* Ses sentimens, d'ailleurs, ne sont-ils pas consignés dans une Bro-
chure impie, intitulée : *La Religion des Philosophes*, laquelle est un cours complet d'irréligion, & dans une autre, imprimée en 1743,
*in-12*, sous ce titre : *Les nouvelles libertés de
penser* ? Mais admirez l'artifice diabolique de
ce champion des incrédules ; il affecte de laver
de la tache d'impiété, des hommes qui en ont
fait profession ouverte, qui sont convaincus
d'en avoir donné des leçons, & que l'on sçait
être morts le blasphême à la bouche ; & il ne
craint pas de jetter des soupçons sur la piété
de Paschal, que personne avant lui, ne s'étoit
avisé de contester, à laquelle Bayle lui-même a
rendu hommage, & dont il a tiré un argument
invincible contre les libertins & les impies ;
mensonges des deux côtés : mais mensonges
réfléchis, & qui couvrent les plus noirs desseins.

Je passe légérement sur la dispute de Rousseau & de Saurin, que l'Auteur traite avec
une partialité visible, en affectant, à son
ordinaire, de dire qu'il ne décide rien. Cet
article demande une trop longue discussion,
& mérite d'être plus approfondi qu'il ne l'est
dans les *Querelles Littéraires*, où, soit ignorance, soit mauvaise foi, on n'a pas donné
aux preuves de l'innocence de Rousseau, toute

l'étendue, tout le dégré de force qu'elles peuvent avoir. Ce qu'il y a de risible, c'est de voir le Compilateur apporter le témoignage de M. de * * * contre Rousseau, lui qui refuse toute créance au Mémoire de Boindin, qui est une espèce de Testament de mort, & une dénonciation à la postérité. *C'est*, comme le dit un Journaliste ingénieux, *afficher la disette de preuves*. En effet, pourquoi le témoignage d'un homme, qui depuis long-temps s'est mis hors d'état d'obtenir la moindre créance dans le monde, qui, d'ailleurs, étoit l'ennemi implacable du grand Rousseau, prévaudroit-il sur celui de Boindin, très-instruit de cette affaire, très-maltraité dans les couplets, & que le remords seul a dû forcer à justifier l'innocent, en dévoilant les coupables? Impie pour impie, Boindin mérite d'être cru, parce que s'il passa sa vie à outrager la Divinité, il avoit au moins quelques qualités morales, & ne fut pas le fléau de la société civile. Je sçais de plus, que long-temps avant sa mort, il avoit rendu hommage à la vérité, & je pourrois citer le témoignage d'un membre très - distingué de la république des Lettres, à qui les deux Boindins ont développé tout le tissu de l'odieux complot dont notre grand Poëte fut la victime infortunée. Mais faut-il d'autres preuves que le refus que ce dernier fit des Lettres de grace qui furent obtenues pour lui du Duc Régent, par le Grand-Prieur & le Baron de Breteuil, ses illustres & invariables amis? Quelqu'envie qu'il eût de revoir la France, il fut encore plus jaloux de son honneur & de la vérité; & quelque destinée que l'avenir lui préparât, il disoit comme Philippe de

Comines : *Dieu m'afflige , il a ses raisons ;*
*mais je préférerai toujours la condition d'être*
*malheureux avec courage , à celle d'être heu-*
*reux avec infâmie.* Il renouvella les protesta-
tions de son innocence en recevant le saint
Viatique ; aveu qui, fait dans de pareilles circonstances , forme la démonstration la plus
complette. Il faudroit en effet , pour s'obstiner
à le croire coupable, le regarder aussi comme
un monstre d'hypocrisie , un homme sans remords & sans religion. Eh ! qui osera former
un soupçon aussi atroce ? Qui l'ose ? C'est
l'Auteur des *Querelles Littéraires* , qui ne
craint pas de prononcer que *peu de gens dou-*
*tent à présent des véritables motifs de sa con-*
*version.* Mais , calomniateur insensé, si cet
ennemi de Rousseau , cette idole à laquelle
vous sacrifiez , vérité , honneur & bon sens,
vient à désavouer en pareille circonstance ,
les *Lettres Phil.* l'*Epître à Uranie* , celle à
*Athenaïs*, le *Mondain*, la *Pucelle*, *Candide*,
& cent autres Libelles exécrables, dignes productions de l'enfer, ne faudra-t-il pas au moins
feindre de le croire, par respect pour l'instant
où sera fait le désaveu ? Ceux que Rousseau a
chargés d'avoir fait les Couplets , ont, selon
vous , protesté toute leur vie , qu'ils n'en
étoient pas les Auteurs ; mais l'ont-ils fait à
l'article de la mort, en recevant les Sacremens,
dans ces momens terribles où tombe le ban-
deau de l'illusion , & où l'ame dégagée du
voile épais des passions qui l'offusquoit , ne
voit plus que la vérité dans tout son éclat ?
J'ajoûte encore que les sentimens de religion
dont Rousseau étoit pénétré , ne furent pas
en lui le fruit tardif de la vieillesse & des
infirmités ;

infirmités ; & j'attelle fur la foi d'un Ami encore vivant, & qui a demeuré pendant fix ans avec cet illuftre profcrit chez le Duc d'Aremberg, que ce grand Poëte n'a jamais eu à fe reprocher que fes Epigrammes licentieufes, dont il témoigna toujours le plus vif regret, & qu'il faut chercher dans fes *Lettres* l'hiftoire de fa vie, avec une peinture de fes fentimens & de fon caractère ; & non dans l'*Anti-Rouffeau*, les *Caufes Célébres*, le *Siécle de Louis XIV*, & les *Mémoires pour fervir à l'Hiftoire des Gens de Lettres*, &c. Qu'on me cite un homme qui ait vécu pendant fix jours avec le Poëte des délices, qui ait été édifié de fa conduite, de fon exactitude à remplir les devoirs de la Religion, qui fe foit convaincu par lui-même qu'il a renoncé fincérement à cette habitude criminelle de blafphémer Dieu, de déchirer fon prochain, & fur-tout qu'il ne s'occupe plus à r'habiller ce monftre d'impudicité, cette infâme *Pucelle*, qui n'a paru dans le monde que pour afficher la corruption du plus dépravé de tous les peres ; alors je lui donne acte de la déclaration faite en 1746 ; alors je croirai à l'accompliffement de la prophétie contenue dans l'Epigramme fuivante :

> Que penfez-vous de l'Auteur d'Uranie ?
> Vous l'avez vû Poëte, Hiftorien,
> Critique amer, hardi Pyrrhonien,
> Sur tout fujet exerçant fon génie ?
> Vous le voyez Anti-Cartéfien,
> Ami du vuide, Anglois à toute outrance ;
> Je le prédis, grace à fon inconftance,
> Peut-être un jour vous le verrez Chrétien.

B

Mais, fasse le Ciel qu'il doive sa conversion à tout autre motif qu'à son inconstance ! qu'elle soit plutôt l'ouvrage de cette grace victorieuse, triomphante, qui touche les cœurs les plus endurcis & subjugue les volontés les plus rebelles ! Quel triomphe pour la Religion, de voir revenir sous ses étendarts un déserteur qui en a été si long-temps l'opprobre & le scandale ! Je ne crains pas de le dire, ce prodige seroit aussi éclatant que ceux par lesquels elle s'est établie. Eh ! pourquoi en désespérer ? Le bras de Dieu n'est pas raccourci : il s'est signalé le siécle dernier, par la conversion de Desbarreaux : celle de M. de *** est à la vérité plus difficile, & peut être mise au nombre des impossibilités morales ; mais les obstacles ne serviront qu'à faire éclater davantage la toute-puissance du Très-haut, à qui rien ne résiste, & qui peut, quand il le veut, faire d'un persécuteur un Apôtre ; d'un vase d'ignominie, un vase d'honneur, & de *** un Chrétien. Hâtons ce moment par nos prieres, mon Ami, pour la gloire de Dieu, l'intérêt de la Religion & le salut d'un de nos freres en Jesus - Christ, qui est encore tout souillé des blasphémes qu'il vient de prononcer contre ce divin Sauveur, dont la Croix, malgré les horreurs qu'il a vomies contr'elle, peut devenir pour lui un signe efficace de rédemption. *Fiat, fiat.*

Adieu, mon cher *** ; vous sçavez ce que je vous suis & vous serai toujours.

# TROISIÉME LETTRE

## A M. *** fur, &c.

JE vous difois dans ma derniere lettre, mon cher ***, que le principe radical de tous les vices de M. de ***, étoit ce fot orgueil dont, ni les flétriſſantes diſgraces qu'il a pluſieurs fois eſſuyées dans le long cours d'une vie fort agitée, ni les avis falutaires qu'il a fouvent reçus, n'ont pu jufqu'à préſent diminuer l'excès. Je ne m'en étonne pas ; il n'a que trop trouvé de lâches flatteurs qui par leurs baſſes adulations n'ont pas peu contribué à entretenir & même à augmenter la forte doſe de préſomption que la nature, très-prodigue pour lui à tous égards, lui a donnée en partage. Mais de tous les fades adorateurs du Poëte, aucun n'a rampé plus ſervilement devant l'idole, que l'auteur des *Querelles Littéraires*. Liſez l'article qui concerne R. & M. de V. & vous verrez un chef-d'œuvre de la flatterie la plus honteuſe & la plus dégoûtante. Que l'Ecrivain eût mis les deux Poëtes dans la même balance, je le lui aurois pardonné, parce que c'eſt le ton du jour, quoique, felon moi, ce ſoit un blafphéme littéraire dans toute l'étendue du terme. Mais notre Panégyriſte ne loue pas à demi : *allons faquin, il me faut du ſublime*, lui a dit ſon héros, & il a débité de très-*ſublimes* ſottiſes. En effet, jettez un coup d'œil ſur les deux premieres pages de cet article, & vous y trouverez autant d'impertinences que de mots. *Rouſſeau*, dit l'Hiſtorien, *n'a qu'un* ealent *bien décidé* , & il borne là fon éloge ; eh bien , foit ; je le prends au mot , & je conclus que fi R. a excellé dans ce *talent bien décidé* , comme le Compilateur eft obligé d'en convenir lui-même , il eft modèle , original en cette partie , & que M. de \*\*\* qui a traité plufieurs genres , fans exceller dans aucun , ne doit marcher qu'après lui. *Mais* M. de V. , pourfuit-il, *réunit tous les talens* , *la Lyre & le Compas* , *le Cothurne & le brodequin* , *la trompette héroïque & la plume de Clio.* Je lui demande d'abord s'il admet l'égalité entre ces deux Poëtes pour le lyrique ; & quelque hardi qu'il foit dans fes décifions , comme je préfume qu'il feroit défavoué par fon héros même , dans une prétention auffi ridicule , je ne crois pas qu'il ofe l'avancer ; or la préférence une fois accordée à R. l'étalage faftueux des talens de fon rival devient inutile , parce que ce n'eft pas leur multiplicité qui conftitue le génie , mais la fupériorité dans un feul. On aime mieux en effet un fleuve qui roule à plein bord , que mille petits ruiffeaux que le voyageur méprife. Rien n'a nui davantage à M. de \*\*\* que cette fureur d'afpirer à la monarchie univerfelle des Lettres. Que ne fe contentoit-il d'avoir en lui feul un grand homme ? peut-être le feroit-il devenu ; mais vouloir être à la fois Poëte , Géomètre , Hiftorien , Tragique , Comique , Burlefque , on parvient à être tout & à n'être rien ! Quel honneur s'eft-il fait en maniant le compas ? Il a voulu mettre à la portée de tout le monde , un livre qu'il n'entendoit point , & fes *Elémens de Newton* ne font autre chofe que l'ébauche d'un écolier qui bronche à chaque pas. Ses fuccès dans le *Cothurne & le Brodequin* , il ne les doit qu'à la *faveur paffagere du public*, à *l'illufion du Théâ-tre*, comme il le dit lui-même, ou plutôt à la vaine harmonie de fes pompeufes tirades & à fes déclamations indécentes. Il n'a pas embou-ché plus glorieufement la *trompette héroïque*; & quoiqu'en difent fes ferviles partifans, fa *Henriade* ne fera jamais qu'un joli morceau de Poëfie, fans invention & fans génie; un édifice irrégulier où l'on a coufu des morceaux brillans pour réparer le vice de l'architecture. *La plume de Clio* termine la nombreufe lifte des talens de M. de ***, & fon champion ajoute qu'il eft prefque inimitable dans cette partie, & qu'il a pris une maniere toute nouvelle. Pour le coup, je fuis de fon avis; je conviens que la *ma-niere* de M. de *** eft *toute nouvelle*, & qu'il eft *inimitable* dans le genre hiftorique. Son *Hif-toire* de Charles XII eft l'ouvrage d'un faifeur de Romans, qui brode des aventures; fon *Siécle de Louis XIV*, un Recueil d'anecdotes fauf-fes, de particularités de gazettes, de jugemens bifarres; fon *Hiftoire Univerfelle*, celle du Czar, un amas de matériaux informes; n'eft-ce pas là prendre une route nouvelle pour traiter l'hiftoire? Un fçavant Anglois a très-bien ca-ractérifé toutes les productions de M. de V. en ce genre; *quis non indignaretur*, dit-il, *rem tanti momenti*, *facetiis*, *nullius pene faporis*, *fcurrarum & mimorum more tractari*; (Needham de infcript. quâdam Ægyptiacâ.) Avouons ce-pendant, car il faut être de bonne foi, que ces ouvrages où ni la Religion, ni la raifon ni la vérité ne font refpectées, fe font lire avec une forte de plaifir, à caufe du ftyle enchanteur de l'Ecrivain. Le Compilateur ajoute, que les écrits de fon héros font *marqués au coin du génie*; ici je lui donne un démenti bien formel, & je le défie de m'en citer aucun qui porte cette empreinte ; de l'esprit, des graces, des fleurs, M. de *** en donne par profusion, & il en étouffe ses lecteurs. Il *n'est rien sorti de ses mains qui ne respire l'amour du vrai* ; quand on parle ainsi, on ne veut pas être cru : la *vérité & M. de ***!* ces mots là ne sont pas plus faits pour aller ensemble, que *l'onction* que le Jésuite Latour trouvoit dans la fameuse Lettre du Poëte. Enfin, cette longue tirade, cette effusion de louanges, se termine par dire que R. a moins fait d'excellentes *Odes*, que l'autre n'a donné de chefs-d'œuvres dans les genres les plus élevés & les plus difficiles. *Voilà ce qui s'appelle louer*, diroit Madame de Sévigné ; *il ne faut pas tenir les vérités captives !* Il ne s'agiroit plus que de fixer le nombre des Odes excellentes de R. & l'on auroit la liste des chefs-d'œuvre de M. de V. ; si le premier, par exemple, a fait douze bonnes Odes, le second aura composé douze chefs-d'œuvre ; c'est beaucoup trop pour un seul homme, & voilà M. de V. douze fois plus grand, que tous nos anciens & nos modernes. Vive Dieu, quel géant ! si cet enthousiaste a voulu dans quelqu'accès de son yvresse, nous faire rire aux dépens de son Dieu, il a parfaitement réussi, & il ne pouvoit prendre une tournure qui le rendît plus ridicule. Mais un homme sensé qui voudroit prononcer un jugement équitable sur ces deux célébres rivaux, examineroit d'abord dans quel genre ils se sont respectivement exercés, & d'après cet examen, R. sera maintenu dans la place que son siécle lui a donnée & que la postérité lui conservera, & le géant du Compilateur sera réduit à sa grandeur naturelle , laquelle n'est que du second rang. Le premier est un grand maître dans tous les genres que son génie a traité ; il a le feu de Pindare & d'Horace dans ses *Odes* ; on y trouve la noblesse des pensées , la richesse de la rime , la pureté du style , la justesse d'expressions ; il est sur-tout supérieur à lui-même dans ses *Odes* sacrées où il a presque rendu la majesté des idées & la magnificence des images de l'original. Dans ses *Epîtres* , on admire un style vif, élégant, un sens judicieux , & un sel toujours semé par une raison lumineuse & profonde ; ses *Epigrammes* ont la simplicité , la briéveté , la vivacité & le tour original qui convient à ce genre. De plus , il est créateur de deux espèces de Poëmes, la *Cantate* & l'*Allégorie* ; les Italiens , à la vérité , lui ont donné l'idée de la premiere ; mais il a surpassé de beaucoup ses maîtres, en faisant des Poëmes réguliers & agréables. Pour l'*Allégorie* , il ne la doit à personne , & on n'a pas osé la traiter depuis , à cause de la difficulté. Enfin ce grand Poëte , le premier , sans contredit , de son siécle, est en même temps le *Pindare* & l'*Horace* , l'*Anacréon* & le *Martial* de la France , & on n'aura jamais le vrai goût de la Poësie , qu'à proportion qu'on admirera celle de Rousseau. C'est ainsi que prononcera tout juge impartial & juste appréciateur du mérite de cet illustre Poëte : si le Compilateur en doute , qu'il interroge le siécle présent , & la postérité lui dira le reste. Ce n'est pas tout , & pour peu que cet homme aye l'humeur récalcitrante , je lui soutiendrai que la Comédie du *Flatteur* est une piéce excellente , aussi sagement écrite & plus utile pour les mœurs , que les meilleures de nos Comiques

eſtimés ; ainſi c'eſt une couronne de plus à
ajouter au front de l'immortel Rouſſeau. A préſent , M. l'auteur , citez-moi les chefs-d'œuvre de votre héros ? Quels ſont les fruits de ſa
Lyre , de ſon Compas , de ſon Cothurne , de
ſon Brodequin , de ſa Trompette héroïque & de
ſa plume de Clio ? Vous dites que la diverſité
de ſes talens n'en a point empêché la ſupériori-
té ? Ses *Odes* , ſes *Epîtres* , ſes *Epigrammes* ,
ſes *Comédies* l'emportent donc ſur celles de R. ?
Ses *Tragédies* ſont au-deſſus de celles de Corneille & de Racine , & ſa *Henriade* eſt ſupérieu-
re au Lutrin ; ſes *Hiſtoires* valent mieux que
celles de l'Abbé de Vertot , du Pere d'Orléans ,
de M. de la Bletterie ? Répondez , ſi vous l'oſez,
& ma replique ſuivra de près votre réponſe.

Après ce préliminaire du plus mauvais goût ,
l'auteur des *Querelles* fait l'hiſtoire du démêlé
des deux Poëtes , & le menſonge conduit encore
ſa plume. Bien des gens aſſurent que M. de V.
a fourni lui-même cet article , & je ſerois tenté
de le croire , parce que ce n'eſt que dans ſa propre cauſe, que l'on peut mentir avec autant d'impudence. Si l'on veut trouver la vérité , il faut
la chercher, non dans les *Querelles Littéraires* ,
mais dans la belle *Lettre* que R. écrivit d'En-
ghien à un ami de Paris , le 22 Mai 1736 ; Lettre dans laquelle le Poëte raconte avec tout l'air
de la ſincérité l'origine & les progrès de ſa diſpute avec le jeune Arrouet, devenu depuis M. de
***. Comme le dernier n'y a jamais répondu
que par des horreurs rimées qui ne prouvent
rien , dans toutes les régles , ſon ſilence doit
être pris pour un aveu formel , & la lettre
peut être citée comme une piéce probante. On
y verra que les deux Poëtes commencerent à ſe
brouiller

brouiller , non à caufe d'une prétendue vivacité
au fujet des deux *Mariannes* , mais parce que
Roufleau témoigna fort peu d'admiration pour
*La Ligue* , depuis la *Henriade* , & que la rupture entiere éclata par l'indignation qu'il fit
paroître pour l'exécrable *Epître à Julie* , à préfent *Uranie* , toute remplie de blafphêmes contre ce que nous avons de plus faint dans la Religion, & contre la perfonne même de J.C. Tout ce
que dit de plus l'Auteur, n'eft qu'un verbiage
impertinent qui ne peut en impofer qu'aux fots,
& ce feroit perdre temps que de s'amufer à le
réfuter. Les prétendues beautés de la *Henriade*
qu'il étale avec complaifance, ne furent point
un crime aux yeux de R. il étoit trop grand par
lui-même pour craindre de defcendre fi bas , &
l'idée de la concurrence ne dut jamais fe préfenter à fon efprit. Il loua donc dans la *Henriade* plufieurs caractères qui lui parurent bien
touchés, fur-tout celui de M. de Rofny , qui
a difparu depuis , & on fçait pourquoi, & qui
a été remplacé par celui de l'Amiral de Coligny;
mais il blâma les déclamations fatyriques &
paffionnées contre l'Eglife Romaine , le Pape,
les Puiffances Eccléfiaftiques & Politiques ; &
comme ce font les morceaux de prédilection
de M. de ***, Roufleau commença à devenir
odieux. Ce Juge fouverain du bon goût ne vit
jamais dans la *Henriade* un Poëme admirable,
le premier qu'ait eu la nation , parce qu'il n'a-
voit pas l'art de voir ce qui n'eft point ; & voilà
cependant ce que l'on eût voulu qu'il vît. Dès-
lors M. de *** crut devoir peindre fon cenfeur
fous les traits d'un *envieux forcené* , comme on
peut le voir dans le *Difcours fur l'Envie* & *l'Ep.*
*fur la calomnie*, deux libelles infâmes, où l'Auteur, après avoir , à fon ordinaire , établi de

faftueufes maximes, donne lui-même l'exemple
des calomnies les plus atroces , & de la noirceur la plus puniſſable. Il revient à la charge
dans le *Temple du Goût*, production d'une petite tête yvre d'orgueil, qui rendit ſon auteur
l'objet de la riſée publique , quand elle parut ;
& voilà ces *traits lumineux, cette critique ſaine,*
que produiſit cette diſpute de la part de M. de
\*\*\* qui , dans le vrai, ne mit de ſon côté que
fureur & fiel , qu'injuſtice , malignité , que calomnies , impoſtures & atrocités. Il n'en eſt
pas de même de Rouſſeau ; occupé du ſoin de
ſe défendre & de repouſſer les attaques de ſon
adverſaire , il ne néglige pas celui de nous inſtruire par une critique toujours ſaine, des jugemens exacts & des régles ſûres pour nous défendre des preſtiges ſéducteurs d'un charlatan
littéraire , dont les écrits étincelans ſont plus
faits pour éblouir, que pour éclairer. Sied-il bien
après cela au Compilateur des *Querelles*, de
nous vanter les regrets de M. de \*\*\* quand il
apprit la mort de Rouſſeau ? Cet homme eſt
toujours menteur , ou toujours ignorant ; il
veut faire honneur à ſon héros d'une lettre qui
n'eſt qu'un monument de ſa honte ; de cette
lettre écrite à l'Editeur du Pindare François ,
dans laquelle l'ennemi de R. fait amende hono-
rable aux mânes de ce grand homme : mais il
ſe trompe , ou veut tromper bien groſſiérement,
s'il ignore ou s'il feint d'ignorer que cette lettre
fut dictée par M. Segui , l'exécuteur teſtamen-
taire de R. qui força M. de V. à la ſigner , après
bien des refus. La négociation dura quelque
temps : M. Segui menaçoit de publier toutes
les piéces qui étoient dans le porte-feuille de R.;
la menace intimidoit ; mais d'un autre côté , il
en coûtoit à l'amour-propre de faire une dé-

marche auffi humiliante : enfin , la crainte des Brocards l'emporta , & M. de *** figna le défaveu formel de toutes les horreurs qu'il avoit vomies contre fon maître. Mais il ne tarda pas à recourir aux armes des lâches & à troubler par des invectives fanglantes les cendres d'un homme dont il n'avoit plus rien à craindre. C'eft ce qu'il fit dans fon fiécle de Louis XIV , & avec plus d'acharnement encore dans la Préface de l'édition de fes Œuvres imprimées à Drefde en 1751, dans laquelle il traite Rouffeau bien plus mal qu'il ne l'avoit fait de fon vivant. D'après ce détail vous pouvez , mon ami , apprécier la maniere de l'auteur des *Querelles,* fon jugement , fon goût & fa fincérité ; enchaîné en vil efclave au char de M. de V. il ne voit que lui , il baife humblement fes pas , & il lui facrifie toutes les facultés de fon efprit & de cœur. S'il croit tout ce qu'il en a dit , il eft à plaindre & il faut l'éclairer ; s'il ne le croit pas, il eft coupable & ne mérite que du mépris. Tenez-vous-en, mon cher *** à ce que je vous ai dit fi fouvent de ce Poëte célébre, que s'il a autant d'efprit que le pere du menfonge , il eft tout auffi méchant que lui ; que fi les lettres lui font redevables de plufieurs ouvrages ingénieux dont il les a enrichies , la Religion qu'il a outragée , les mœurs qu'il a corrompues , la Société qu'il a troublée , ont encore plus à s'en plaindre ; que dans prefque tous fes écrits il a donné des leçons d'impiété , dans quelques-uns des préceptes d'impureté ; & que d'autres ne font que des Satyres violentes contre les gens de lettres les plus eftimables. C'eft cependant ce même Poëte qui , dans fa *Préface d'Alzire ,* s'écrie avec un tranfport douloureux : *Il eft bien cruel, bien honteux pour l'efprit humain , que*

*La littérature soit infectée de ces haines person-*
*nelles, de ces cabales, de ces intrigues qui de-*
*vroient être le partage des esclaves de la fortune.*
*Que gagnent les auteurs en se déchirant cruelle-*
*ment ? ils avilissent une profession qu'il ne tient*
*qu'à eux de rendre respectable. Faut-il que l'art*
*de penser, le plus beau partage des hommes, de-*
*vienne une source de ridicule, & que les gens*
*d'esprit rendus souvent par leurs querelles le*
*jouet des sots, soient les bouffons du public dont*
*ils devroient être les maîtres ?* Ne croiroit-on
pas, en lisant ces paroles, que M. de V. est à
l'abri des haines personnelles, des jalousies,
des rivalités, & qu'il n'a jamais cherché qu'à
rendre respectable la profession des lettres ?
Mais, je vous l'ai déja dit, c'est le Philosophe
de la Comédie, c'est un prodige d'inconséquen-
ces & de contradictions. Rendons donc hommage à ses talens, & gémissons sur l'abus effroyable qu'il en a fait. Après tout, sont-ce les
talents qui honorent un homme ? non, puisque
S. Augustin dit que les vertus elles-mêmes deviennent des vices, par le mauvais usage, *vir-*
*tutes ipsæ sunt vitia.* Ainsi les grands talens de
M. de V. qui auroient dû le rendre les délices
de son siécle & le faire passer avec honneur à la
postérité, tournent à sa honte par le mauvais
usage qu'il en fait, & le confondront dans les
siécles futurs avec les noms odieux des Vanini,
des Spinosa, des Hobbes, & de tous ces hommes pervers, qui ont arboré l'étendard de l'irréligion & de l'impiété.

Nous en sommes à l'article de l'Abbé Des-
fontaine, & il faut s'attendre à la même partialité, à la même corruption de jugement, &
toujours parce qu'il s'agit de M. de *** : l'auteur donne pour raison de la rupture de ces deux

amis, une réflexion fur la *Tragédie de la mort de Céfar*, & une plaifanterie fur le *Temple du Goût*, inférées dans les *Feuilles périodiques*; il pouvoit ajouter la liberté que prit l'Abbé de trouver mauvaife une Tragédie *d'Eriphile*, que perfonne ne connoît aujourd'hui, & qui fut jouée & fifflée. Le Poëte ne pardonna pas cette chûte honteufe au Critique qui la lui avoit annoncée, & dès le moment ils fe déclarerent une guerre fcandaleufe qui n'a pas même ceffé par la mort de l'un des combattans. Car M. de *** a toujours le courage de pourfuivre fes ennemis au-delà du tombeau, & il infulte bravement à leurs cendres. Il a cependant dit:

Seigneur, Laius eft mort, laiffez en paix fa cendre;

mais un Philofophe tel que lui, s'embarraffe peu d'être conféquent. Le Compilateur fait un crime à l'Abbé Desf. de s'être obftiné à refufer à M. de V. la partie de l'invention, & il appelle ce refus un effet de *haine perfonnelle*, qu'il caractérife *d'injuftice manifefte*. Il ajoute que quoique *Semiramis*, *Rome fauvée*, *l'Orphelin de la Chine*, *Tancrede*, *l'Effai fur l'Hiftoire générale*, le *Siécle de Louis XIV* & la *Pucelle*, n'euffent pas encore paru du vivant de *l'Obfervateur*, il avoit cependant affez vu de productions de ce *genie brillant & fécond*, pour avoir remarqué qu'*il étoit auffi créateur*. Il peut, s'il le veut, enfler la lifte des productions de ce *génie créateur*, de *Zulime*, de l'*Ecueil du Sage* & de tout ce que fon héros a encore dans fon porte-feuille & pourra y mettre jufques à fa mort inclufivement, & il n'empêchera pas que le refus de Desf. ne fut une preuve de fon bon goût, & qu'il ne foit très-facile de le démontrer. C'eft cependant ce

C iij

refus qui alluma la bile de M. de V. & arma ses mains de tous les feux de la vengeance. De-là les traits horribles lancés contre l'*Aristarque François* dans des Piéces où l'on *donne les plus belles leçons de Morale* & *de Philosophie*, de l'aveu même du Compilateur, qui appelle toutes ces infamies *des marques de ressentiment*. Le nom est bien doux pour caractériser des injures atroces qui font frémir la pudeur, & on est assez étonné d'entendre après cela l'Auteur appeller la *Voltairomanie*, *l'opprobre de l'Abbé Desf. écrit fait pour amuser la canaille, ouvrage affreux*. A Dieu ne plaise que je me rende l'apologiste de cette Piéce, & que je refuse de convenir que l'Observateur y passe les bornes d'une défense légitime! Mais pourquoi ne pas prodiguer les mêmes qualifications aux libelles de son adversaire, qui sont encore plus déshonorans pour l'auteur, & plus injurieux à la partie outragée? N'e -ce pas avoir deux poids & deux mesures? *Pondus & pondus, abominabile est apud Deum.* Car enfin, quels sont les reproches faits à M. de *** dans la *Voltairomanie*? des *impostures*, des *fourberies*, des *bassesses*, des *vols publics* & *particuliers*, en genre littéraire sans doute, une *superbe impertinence*, des *disgraces humiliantes*, une *ignorance orgueilleuse*, une *impiété* pour laquelle rien n'est sacré, &c; toutes ces accusations sont graves, sans doute, calomnieuses & bien contraires à l'esprit de charité qui défend de publier le mal même connu; mais les horreurs que vomit M. de V. contre Desf. dans des vers que la délicatesse empéche de citer, sont-elles donc moins calomnieuses, & l'Abbé en fut-il coupable, étoit-il permis à son ennemi de les lui reprocher en public, uniquement parce qu'il lui refusoit le don d'invention? Quiconque

lira avec les yeux de l'équité la *Voltair.* & les
différens endroits où M. de V. insulte son adverfaire avec la plus grossiere brutalité, décï-
dera que c'étoit au Poëte & non à l'Abbé à défavouer ses libelles, fur-tout la tirade atroce
qui commence par ce vers :

Cent fois plus malheureux, & plus infâme encore,

& cette autre, encore plus infâme par les abo-
minations & les impiétés qu'elle présente,

Il n'a point l'air de ce pesant Abbé.

D'ailleurs Desf. n'étoit point l'aggresseur, &
la *Voltairomanie* ne fut qu'une réponse au *préservatif,* libelle auquel on ne pouvoit gueres
en opposer un autre. Je conviens avec le Compilateur, qu'*une premiere faute n'en autorise
pas une seconde,* & il ne peut faire l'application de ce principe à son héros, dont les fautes
n'ont jamais été autorisées par d'autres fautes,
puisque dans ses disputes, qui sont sans nombre, il a toujours le premier donné le signal du
combat. 2°. dit-il, le *préservatif est d'un autre
ton* : il a raison, mais il n'en est pas moins méchant, & la seule idée de la *Lettre* qui s'y
trouve, fait frissonner toutes les facultés de
l'ame. En troisième lieu, il demande *si le libelle
est de M. de V.* Oui, assurément ; & celui qui
en doute, ne se connoît guères en style. Or,
je le répéte, à regarder les choses humaine-
ment, quiconque a fait ce *préservatif,* ne méritoit qu'une représaille telle que la *Voltairomanie.* Je passe rapidement sur la cruelle aventure de Bicêtre ; c'est marcher dans l'ordure
que de parler d'un événement si honteux, & je
ne conçois pas comment l'Auteur des *Querelles*
ose présenter des tableaux aussi déshonorans
pour les gens de lettres. Si l'Abbé Desf. n'étoit
C iv

pas coupable, il fut très-malheureux & très-
à plaindre : il l'est bien davantage s'il étoit
criminel ; mais encore un coup, cela ne fait
rien à sa vie littéraire, & c'est bien gratuite-
ment afficher le scandale que de transmettre à
la postérité des vers diffamans qui ne roulent
que sur les vices vrais ou supposés d'un homme. Quelle a été l'intention de l'Auteur en rap-
portant l'ingénieuse, mais cruelle Epigramme
du plus spirituel de nos Poëtes, & l'Epitaphe
maligne qui courut après la mort de l'Observateur ? C'est de rappeller des idées infâmes,
des horreurs qu'un Chrétien, selon le précepte
de l'Apôtre, doit s'abstenir de nommer : *Nec
nominentur inter vos.* Puisque le Compilateur
est si curieux d'Epigrammes, je vais en rapporter une qu'il ignore sans doute, & qui est
la copie très-énergique & très-ressemblante d'un
original qui lui est connu :

> Spectre vivant, squélette décharné,
> Qui n'a rien vu que ta seule figure,
> Croiroit d'abord avoir vu d'un damné
> L'épouventable & hideuse peinture ;
> Mais épluchant le monstre jusqu'au bout,
> Poëte impie, effréné Philosophe,
> On voit encore, en considérant tout,
> Que la doublure est pire que l'étoffe.

Une justice que l'on doit à l'Abbé Desf. comme
Citoyen & & comme Chrétien, c'est que ses
ouvrages ne respirent ni l'irréligion, ni la licence, ni l'indépendance ; que dans ses écrits
il a toujours respecté Dieu & son culte, son pays
& son Roi, & que les bonnes mœurs n'y sont
point blessées. Son adversaire peut-il se rendre
le même témoignage ? Or s'il est permis de cen-

furer la conduite particuliere d'un homme, de dé-
voiler fa turpitude , de décrier fes mœurs , c'eſt
lorſque cet homme ne reſpectant ni la Religion
ni le public , ni lui-même , s'eſt rendu coupable des plus grands excès ; qu'il a inful é Dieu
fur fes autels , les Rois fur leur trône , le public dans fa foi , & qu'il ceſſe par la d'avoir
droit aux égards réciproques. C'eſt alors le cas
d'employer le ſtyle de Juvenal & de Perſe , de
ramener le coupable a fon devoir par les traits
les plus ſanglans , & de le couvrir de cette con-
fuſion ſalutaire dont parle l'Ecriture : *imple fa-
cies eorum ignominiâ , & quærent nomen tuum,
Domine.* D'après cet oracle , je laiſſe a l'auteur
des *Querelles* à décider qui de M. de V. ou de
l'Abbé Desf. mérite d'être couvert de la confu-
ſion ſalutaire. Adieu , mon ami , aimez-moi
comme je vous aime. *20 Janvier.*

## IVᵉ. LETTRE.

JE n'ai rien à vous refuſer , mon cher \*\*\* ,
& puiſque vous exigez de moi que je continue
à vous rendre compte des Querelles Littéraires , il faut vous ſatisfaire. Mon deſſein étoit
d'en reſter à ma troiſième Lettre , & je croyois
vous en avoir aſſez dit fur la forme & le fond
de l'ouvrage , ainſi que fur les vues de l'Auteur , pour vous mettre à portée de les apprécier l'un & l'autre. Mais puiſque vous voulez que je pourſuive cet examen , & que vous
le croyez utile à votre inſtruction , il n'y a
plus à balancer , & je ſacrifie toute ma répu-
gnance à ce que vous paroiſſez deſirer. Nous
en ſommes à la Querelle de Maupertuis & de

M. de *** ; car , comme l'a dit dernièrement
un Ecrivain ingénieux , c'est *un terrible homme
pour les querelles que ce M. de ***.* Le même
Journaliste ajoute , que l'on n'a pas plus d'é-
gard à la vérité dans cet article que dans les
autres , & que l'on donne encore gain de caufe
à ce *terrible homme.* Examinons fi c'est avec
raifon , & fi l'Ecrivain est plus inftruit de cette
difpute , qu'il ne me paroit l'être des précé-
dentes. Il annonce au public une *Hiftoire fidéle ;*
voyons s'il a tenu parole. *il faut d'abord,* dit-il,
*remonter au démêlé de Maupertuis avec le célèbre
Kœnig ,* & il copie la *Réponfe d'un Académicien de Berlin à un Académicien de Paris,* qui
rend compte de ce démêlé : mais l'auteur igno-
reroit il que cette prétendue Réponfe n'est qu'un
*libelle infâme* qu'un des *Ecrivains méprifables*
avec qui fon célèbre Kœnig s'étoit affocié , fit
imprimer en faveur de celui-ci ; & que dans ce
libelle , l'Acad. de Berlin traite Maupertuis,
comme un homme fans jugement peut parler
d'un inconnu , & *comme les impofteurs les plus
effrontés ont coutume de calomnier la vertu.*
C'est ainfi que caractérife cette Lettre un fçavant couronné, qui ne dédaigna pas d'employer
fa plume éloquente à l'Apologie de Maupertuis,
tandis qu'il faifoit brûler par la main du bourreau dans la Place de Berlin , les libelles que fes
ennemis publioient contre lui. Le Compilateur
ignoreroit-il encore que cetEcrit dont il s'étaye,
est l'ouvrage de l'adverfaire de Maupertuis ;
& de quel front ofe-t-il préfenter au Tribunal
du public la caution d'un homme que l'on re-
fuferoit dans les Tribunaux particuliers ? S'il
eût voulu rendre un compte exact de cette difpute , il falloit lire les diverfes piéces du procès,
les actes fur-tout de l'Acad. de Berlin dont l'au-

torité est irrécusable dans une pareille affaire.
La présomption en effet n'est-elle pas pour un
corps, contre un particulier irrité de se voir
confondu, & contre des Ecrivains *assez mépri-
sables pour s'enrôler chez lui & pour combattre
sous ses drapeaux ?* Ce sont les termes de la
*Lettre* déja citée. Ce qu'il y eut de singulier
dans cette dispute, ce fut d'y voir paroître
comme auxiliaire un homme qui n'avoit aucun
titre pour y prendre part, & qui non content
de décider à tort & à travers sur une matiere
qui demandoit beaucoup de connóissances qu'il
n'avoit pas, saisit cette occasion pour satisfaire
sa jalousie & sa vengeance contre Maupertuis.
Il commença d'abord *par la Réponse d'un Académicien de Berlin à un Académicien de Paris,*
dans laquelle l'Auteur des *Querelles* a puisé ce
qu'il appelle son *Histoire fidèle*, mais qu'un
Monarque bien instruit sans doute de tous ces
faits qui se passoient sous ses yeux, a pris la
peine de réfuter lui-même, qu'il caractérise de
*Libelle infâme*, composé par un *misérable*,
sous le nom d'un Académicien de Berlin. Qu'il
lise cette Réfutation, intitulée : *Réponse d'un
Académicien de Berlin à un Académicien de
Paris*, & il y verra l'origine de la dispute, les
motifs qui déterminèrent Kœnig à la susciter,
la dénonciation qui en fut faite à l'Académie
de Berlin, l'examen que fit ce Tribunal, le
jugement qu'il porta en faveur de Maupertuis,
& les suites de la fureur impuissante de son
adversaire. Il verra l'Auteur auguste s'élever
avec force contre le calomniateur, & justifier
Maupertuis contre ses impostures grossieres,
avec tout le zèle d'un ami, avec toute l'autorité d'un maître. Qu'ils *apprennent*, s'écrie-t-il,
*ces ennemis de M. de Maupertuis, qu'ils se*

*font abufés dans leurs defieins & dans leurs con-*
*jectures ; & que s'il y a des gens affez lâchés*
*pour ofer calomnier de grands hommes , il s'en*
*trouve encore dans ces tems d'affez vertueux*
*pour les defendre !* C'eft ainſi que s'exprime le
*Salomon du Nord ,* à qui le Compilateur a
l'impudence de reprocher les *petiteffes de Chri-*
*ſtine ,* parce qu'il a employé ſon autorité à
faire obferver les ſtatuts de l'Académie ; & ſa
plume à en venger le Préſident , des noirs excès de l'impoſture & de la calomnie. Concluez
donc, mon ami , que cet auteur des *Querelles*
ne fçait pas un mot de celle-ci, ou que méchamment & de deſſein formé , il l'a entiérement
altérée , pour ne pas la raconter au déſavan-
tage de ſon héros. Mais voulez-vous fçavoir
à quoi vous en tenir ſur cet article, liſez , je
vais en deux mots ſubſtituer la vérité au menſonge , & vous faire voir comment un fait
purement littéraire & de la plus mince conſéquence produiſit d'abord des diſputes, enſuite
des invectives, enfin des horreurs. Maupertuis
avoit inféré en 1748 , dans le volume de 1746,
du Recueil de l'Académie de Berlin un *Mémoi-*
*re ſur les loix du mouvement & du repos déduites*
*d'un principe métaphyſique.* Ce principe *eſt*
*celui de la moindre quantité d'action ;* c'eſt-
à-dire , que *dans le choc des corps , le mouve-*
*ment fe diſtribue de maniere que la quantité*
*d'action que ſuppoſe le changement arrivé , eſt la*
*plus petite qu'il ſoit poſſible. Dans le repos , les*
*corps qui fe tiennent en équilibre doivent étre*
*tellement fitués , que s'il leur arrivoit quelque pe-*
*tit mouvement , la quantité d'action feroit la*
*moindre.* Kœnig, Profeſſeur de Philoſophie &
de Droit naturel à Franeker en Friſe, s'éleva
contre le ſyſtême de Maupertuis , & fit inférer

dans les actes de Leipsic, en 1751, une Dissertation, dans laquelle, après avoir tenté d'ébranler le fond même de ce système, ce qui lui étoit très-permis, il s'efforçoit d'en attribuer l'invention à Leibnitz, & citoit un fragment d'une Lettre qu'il prétendoit que ce sçavant avoit écrite autrefois à Hermann. Le Président de l'Académie piqué de se voir soupçonné de plagiat, écrivit à Kœnig pour le prier de lui indiquer l'original de cette lettre, & d'en constater l'autenticité. Demande très-équitable & qui ne pouvoit souffrir la moindre difficulté. Le Professeur de Hollande répondit que cette lettre lui avoit été communiquée par ce fameux Henzi qui fut décapité il y a quelques années à Berne, pour des troubles excités dans l'Etat, & dont les papiers recueillis avec soin, devoient être conservés dans les archives de cette ville. Là-dessus Maupertuis s'adresse à l'Ambassadeur de France en Suisse, pour faire faire les recherches les plus exactes; on les fit, mais inutilement, & on ne trouva dans les papiers de Henzi aucune trace de lettre de Leibnitz. Alors l'accusé crut devoir rendre compte à l'Académie de l'accusation intentée contre lui, aussi bien que de l'impuissance de la prouver, & le Roi de Prusse, protecteur de l'Académie, s'intéressant à cette affaire, ordonna à Berne de nouvelles recherches, qui n'eurent pas plus de succès que les premieres. On poussa le scrupule plus loin, & comme la lettre citée devoit avoir été adressée au Professeur Hermann de Bâle, l'on se chargea encore de faire chercher dans les papiers de ce dernier qui étoient restés chez son frere, après sa mort. Toutes ces tentatives ayant été inutiles, l'Académie somma plusieurs fois Kœnig de produire l'original de la lettre,

ou d'indiquer le lieu où il se trouveroit. Celui-ci refusa longtems de répondre à une question aussi simple, usa de subterfuges, voulut
donner le change, & enfin fut contraint d'a-
vouer qu'il ne pouvoit faire ni l'un ni l'autre.
Alors l'Académie ayant examiné toutes les raisons qui lui rendoient déja le fragment suspect,
& convaincue de l'impuissance de Kœnig à en
prouver l'autenticité, prononça, le 13 Avril
1752, que le fragment avoit été supposé, &
le dépouilla, par cette déclaration publique,
de toute l'autorité qu'on auroit pu lui attribuer.
Ce jugement mit en fureur le Professeur de Hollande, il cria à l'injustice, & après avoir dé-
chargé sa colere dans plusieurs Ecrits composés
par lui, ou par ses partisans, il fit enfin paroître un ouvrage sous le titre d'appel au public,
dans lequel il se déchaîne avec véhémence
contre le jugement de l'Académie, & ne fait
gueres que répéter les invectives dont il avoit
déja inondé toute l'Allemagne. Plusieurs membres de l'Académie écrivirent pour justifier la
Sentence qu'elle avoit portée, & entre autres
M. Euler & M. Merian. Ils prouverent que
ce Tribunal avoit été compétent pour juger
cette affaire, qu'il n'avoit jugé que sur de
bonnes raisons, & ils firent valoir en même
temps la modération dont il avoit usé envers
Kœnig; mais celui-ci & ses partisans étoient
incapables d'écouter la voix de la raison, ils
ne repliquerent que par des injures, & tout
ce qui leur parut propre à offenser, leur sembla
convainquant. Ce fut alors que se mit sur les
rangs cet homme dont je vous ai parlé qui est
toujours prêt d'embrasser les querelles des autres, quand il se trouve par hazard qu'il n'en a
pas de personnelles. En vain le Roi de Prusse

lui avoit-il ordonné de rester neutre dans cette dispute, la démangeaison d'écrire, & sa jalousie contre le Président de l'Académie l'emporterent sur ce qu'il devoit au Prince son Bienfaiteur. Vous n'oublierez pas que c'est le même homme qui a osé reprocher au grand Rousseau *d'avoir piqué le sein qui l'avoit ranimé ;* & vous vous souviendrez aussi que jamais il n'a établi dans ses écrits une vérité qu'il n'ait démentie par sa conduite. Il débuta donc par cette *Réponse* d'un Académicien que je vous ai déja citée, & qu'un membre auguste de l'Académie caractérise de libelle infâme. Elle fut bientôt suivie d'une autre Satyre plus sanglante encore, composée de trois morceaux, le premier intitulé : *Diatribe du Docteur Akakia, Médecin du Pape;* le second, *Décret à l'Inquisition;* le troisiéme, *Jugement des Professeurs du Collége de Sapience.* C'est une allusion perpétuelle aux ouvrages de Maupertuis, un tissu d'ironies, de personnalités & d'insultes, où l'on ne garde ni mesures ni bienséances, ni équité ; une piéce à la vérité pleine de sel & d'agrément, mais qui n'en est pas moins un libelle diffamatoire dans toutes ses parties. Il fut brûlé par la main du bourreau dans toutes les places de Berlin, le 24 Décembre 1752, & l'Auteur se vit contraint de sortir des Etats du Roi de Prusse, avec tous les signes de la disgrace la plus humiliante. Voilà, mon ami, un récit succinct, mais exact de cette affaire. Comparez-le avec celui du Compilateur, & vous vous convaincrez qu'il n'a pas plus respecté la vérité dans cet article, que dans les autres. Occupé sans cesse à justifier son héros, il lui sacrifie le respect dû à une tête couronnée, les égards que mérite un corps, & l'intérêt que doit inspi-

ger l'innocence. Je n'entre point dans les démélés particuliers du Préfident de l'Académie de
Berlin & du Poëte des Délices : fans examiner
la queftion, le préjugé eft toujours contre ce
dernier , affez connu par fes tracafferies , pour
qu'on ne doive pas balancer à le condamner.
Mais fon tort eft évident dans l'affaire dont il
s'agit ; la difpute ne le regardoit pas ; fon
bienfaiteur devenu fon maître, lui avoit impofé
filence , & ce fut bien moins fon *amour invincible pour l'indépendance* , que fa méchanceté
naturelle , & fa jaloufie pour tout mérite, qui
le lui firent rompre , par des libelles marqués
à la vérité au coin du bel-efprit , mais qui por-
tent encore plus l'empreinte du mauvais cœur.
En vain le Compilateur rabbaiffe-t-il Maupertuis pour relever fon héros ; outre que je lui
demande caution pour toutes les anecdotes
qu'il rapporte au défavantage du premier ; je
le renvoie à ce témoignage dont je le défie
d'infirmer l'autorité ; *nous regardons fon mérite comme le nôtre , fa fcience comme donnant
la plus grande fplendeur à notre Académie , fes
travaux comme des ouvrages dont toute l'utilité nous revient , fa réputation comme celle du
corps , & fon caractere comme le modèle de celui
d'un honnête homme , & d'un véritable Philofophe. Voilà les fentimens de l'Académie en
corps.* Vous obferverez , mon ami , que c'eft
un Roi qui parle , & qui ajoute : *Voici le langage de l'impofture* ; & tout de fuite on lit les
accufations formées par M. de V. & répétées
par fon fervile admirateur ; *autant de mots ,
autant de fauffetés.* On ne peut donner un démenti plus formel , & c'eft avoir bien peu de
pudeur que d'ofer rappeller des impoftures fi
folemnellement réfutées ; mais c'eft le comble

de

de l'impudence, que de les donner pour des vérités. Le Compilateur qui s'acharne à avilir Maupertuis, uniquement parce qu'il a déplu à M. de V., ne doit pas ignorer que celui-ci n'en a pas toujours parlé défavantageufement. Il rapporte lui-même des vers que ce Poëte fit pour être mis au bas du portrait de ce Géomé-tre. Il auroit pu en citer encore d'autres qui prouvent qu'il ne le regardoit pas comme un homme médiocre ; mais autre tems, autre lan-gage, & M. de V. a mérité plus que perfonne cette Sentence terrible du Sage, *Sufurro & Bi-linguis maledictus.* Mais en voila affez fur une difpute, au fond très peu intéreffante, & dont je ne vous ai parlé que pour vous donner une preuve de l'antipathie que notre Ecrivain a pour la vérité, de fon ignorance & de fa baffe partialité pour M. de V.; dans la lettre fuivante, nous traiterons une matiere qui nous touche plus vivement vous & moi, & dans laquelle le Compilateur ne fe montre ni plus inftruit ni plus fincère. Je fuis, &c.

---

# CINQUIÉME LETTRE

JE vous ai annoncé dans ma dernière Lettre, mon cher ***, une matiere plus intéreffante pour vous & pour moi, que celles que nous avons traitées jufqu'à préfent, & je dégage ma parole, en vous préfentant l'article de P. R. fauf à revenir fur nos pas, fi vous l'exigez. Je vais donc vous entretenir de cette fainte & illu-ftre maifon, qui a été la victime de fon atta-chement inviolable à la juftice, à la vérité & à la fincérité chrétienne, à laquelle la France &

D

la Religion font redevables d'avoir épuré la Théologie, en la dégageant d'un langage barbare & en la ramenant a fes véritables fources, l'Ecriture & la Tradition ; d'avoir perfectionné le goût pour la Piété, pour la Critique & pour l'Hiftoire ; d'avoir infpiré aux fidèles l'amour pour la lecture des livres faints, d'avoir diffipé les ténèbres & l'ignorance des derniers fiécles, enrichi notre langue par des ouvrages immortels, & facilité les moyens d'entendre & de parler celler des anciens & des étrangers. Tels font les fervices que les fçavans Solitaires de P. R. ont rendus a la Religion & aux Lettres ; fervices dont nous goûtons encore les heureux fruits & qui n'ont été nuifibles qu'à ceux de qui nous les avons reçus, puifqu'ils ont armé contre eux la haine & la fureur de leurs ennemis, dont le terme a été la deftruction de ce célèbre monaftere. Mais avant que de relever les écarts & les bévues de l'Auteur des *Querelles Littéraires* fur ce fujet, je crois devoir vous communiquer une Lettre que je viens de recevoir, dans laquelle l'ouvrage & l'écrivain font caractérifés de main de maître : elle eft de ce fçavant aimable qui fous l'extérieur le plus modefte, cache le fonds le plus riche, & en qui vous avez fouvent admiré la réunion de toutes les qualités de l'efprit & du cœur. J'ai pris la liberté de lui demander fon avis fur la manière dont étoit traité l'article de P. R. dans les *Querelles Littéraires*, & voici ce qu'il m'écrit, en m'envoyant quelques Remarques dont je ferai ufage.

Ma complaifance & ma déférence pour vous, mon cher ***, m'ont coûté cher, & ont mis ma patience à la plus grande épreuve où elle ait jamais été. J'ai jetté les yeux, comme vous

l'avez voulu, fur les *Querelles*, je n'ajouterai
point *Littéraires*, parce que ce font de vraies
Querelles des Halles, qui ne font rien moins
que *Littéraires*. J'ai été faifi d'horreur & rempli d'indignation à chaque mot. Il femble que
l'auteur voulant fe diftinguer par fa plume, ait
choifi pour matiere ce qu'il appelle *Querelles*
*Littéraires*, afin d'avoir occafion de déchirer
tout ce qu'il y a eu de plus faints & de plus fçavans hommes dans l'Eglife, fur-tout dans le
dernier fiécle. C'eft une nouvelle tournure que
l'impiété a prife, pour attaquer la Religion &
la renverfer, fi elle pouvoit l'être. On dit cependant que c'eft un Prêtre difant la Meffe à
S. Paul, qui eft l'auteur de cette abominable
production. Tant d'horreurs, tant de calomnies, tant de blafphêmes, feroient-ils donc
fortis d'une bouche qui reçoit tous les jours
le Corps de J. C. ? indépendamment des horreurs
& des vices plus capitaux que les fept péchés
mortels, l'ouvrage n'eft qu'un tiffu de fauffetés en tout genre. L'auteur eft fi ennemi du vrai,
ou fi ignorant, que dans les chofes même les
plus indifférentes, il s'en écarte. C'eft vraiment
la production d'une tête renverfée, quoiqu'on
ne puiffe pas dire que ce foit l'effet de fon grand
fçavoir. On diroit qu'il écrit d'imagination, fi
on ne voyoit que ce qu'il dit du dernier fiécle,
eft copié de Voltaire & du P. d'Avrigny; ce
qu'il dit des fiécles antérieurs fera fans doute
copié de même de quelques autres minces Ecrivains. Tout eft confondu, tout eft falfifié ou
altéré; les dates, s'il en cite quelques-unes,
font fauffes; enfin vous diriez que c'eft la production d'un malade en délire, *velut ægri fom-*
*nia*. Ne m'en demandez pas davantage : j'a-
jouterai feulement que l'Approbateur de ce

monftrueux ouvrage, n'eft pas moins criminel
que l'Auteur lui-même. Il eft heureux que l'Auteur du Θοῖρασης foit mort ; ce Cenfeur des Approbateurs n'auroit pas manqué de lui donner
place dans fon ouvrage. Mais n'a-t-il rien à
craindre du Parlement qu'il a fpécialement outragé ? & ce qui eft arrivé à l'Approbateur du
livre de la *Matiere*, je ne puis dire de l'*Efprit*,
ne pourroit-il pas lui arriver auffi ? Il y a certainement égalité de mérite. De plus, n'a-t-il
rien à craindre de la part du corps Académique
dont il eft membre ? Au refte il n'eft pas fur-
prenant qu'un homme qui jufqu'à préfent ne
s'eft gueres fignalé qu'en critiquant mal-à-propos de très-bons ouvrages, en approuve de
très-mauvais ? Vous fçavez avec quel eftime
& quel attachement je fuis, &c.

Voilà, mon ami, un témoignage du plus
grand poids & qui feul fuffit pour fixer à jamais le fort du mauvais ouvrage. Je vais à
préfent entrer dans le détail & je vous ferai
d'abord obferver a la louange des Difciples de
S. Auguftin, que tous les impies & les hérétiques de nos jours les traitent comme ceux du
tems de ce faint Docteur l'ont traité lui-même.
Ils le déteftoient, felon l'expreffion de S. Jé-
rôme, *deteftantur*, tandis que les Catholiques
le regardoient comme le reftaurateur de l'ancienne foi. *Catholici te conditorem antiquæ
rurfum fidei venerantur, atque fufpiciunt, &
quod fignum majoris gloriæ eft, omnes hæretici
deteftantur.* C'eft ainfi que tous ceux qui ai-
ment la Religion, penfent de MM. de P. R.
qu'ils regardent comme les plus fçavans & les
plus zélés défenfeurs de la doctrine de l'Eglife
contre fes ennemis. Mais les hérétiques & les
impies qui fe mafquent fous le nom de *Philofo-*

*phes*, les déteſtent & les déchirent, parce qu'ils n'ont jamais eu de ſi terribles adverſaires. Accordons à ces impies ce nom de *Philoſophes* dont ils nous étourdiſſent ; mais le ſont-ils autrement qu'Epicure, que Porphyre, que Celſe ? Ne ſont-ce pas eux dont S. Paul dit qu'ils ſe ſont égarés dans leurs vains raiſonnemens, que leur cœur inſenſé a été rempli de ténèbres, qu'ils ſont demeurés fous en s'attribuant le nom de ſages : *dicentes enim ſe eſſe ſapientes, ſtulti facti ſunt.* Vous avez vu, mon cher \*\*\*, que l'Auteur des *Querelles* ne mérite que trop ſa place parmi ces modernes ennemis du nom Chrétien, & vous allez en être encore plus convaincu, par toutes les calomnies contre MM. de P. R. que ce plagiaire débite ſans ſcrupule d'après ſon confrere d'Avrigny, & ce Poète qui dans ſon Siécle de Louis XIV, ne fait bien ſouvent que copier les déclamations forcenées du Jéſuite.

Page 276 du 3ᵉ vol. ſi on en croit notre Ecrivain, MM. de P. R. ſe propoſoient d'*établir un ordre d'une eſpéce toute nouvelle, & figuré dans l'Ancien Teſtament. Le plan & les conſtitutions fu ent dreſſées pour cela* ; voila ſon début. Le croiriez-vous, qu'au dix-huitième ſiécle il ſe trouvât un homme aſſez imbécille, ou aſſez méchant, pour renouveller de vieilles impertinences, de plattes calomnies cent fois pulvériſées, & qui ſont depuis longtems enſevelies dans les Ecrits qui les ont fait naître ? Oui, mon ami, il y a quelques années qu'un Evêque de Montpellier (M. Charancy) fut aſſez peu jaloux de ſon honneur, pour ſe charger de la commiſſion ignominieuſe d'annoncer à toute la France, ce prodige d'extravagance ou de noirceur, & de le donner pour une rare découverte.

Je le lui pardonne, c'étoit bêtise, & il en fut
bien puni par un brevet de Gardien des manu-
scrits du Régiment de la Calotte :

> Pour répondre donc à l'attente
>
> De nos plus sublimes esprits,
>
> Nous le créons par la présente
>
> Garde de tous nos manuscrits.

Mais que mérite le galant-homme qui s'affiche
pour l'historien des *Révolutions* arrivées dans
la République des lettres, & qui nous débite
de pareilles fables ? Est-il assez étranger dans
cette République, pour ignorer que ce *plan* &
ces *Constitutions* d'un ordre d'une espèce *nouvelle*, ne font que des contes ridicules ? S'il est
instruit de l'aventure comique de l'Evêque de
Montpellier, je le lui demande . a-t-il fait di-
vorce avec la bonne foi, la droiture & la probité ? S'il l'ignore, dès-lors je conclus qu'il est
tout fait pour succéder au Prélat dans la place
que lui valut sa lourde bévue. Peut-être est-
elle vacante ; mais je l'avertis qu'elle lui coû-
tera cher, & je le ferai trembler au souvenir
des *verges d'Héliodore*, dont il reste encore assez
pour l'ajuster selon ses mérites. Cependant je
serois tenté de croire par tout ce qu'on m'a dit
de cet auteur, qu'il est la dupe de quelqu'ennemi rusé, qui, pour se venger de lui, & le rendre la fable du public, a fait usage à son égard
de l'avis qu'Héliodore donna à celui qui l'avoit
envoyé : *Cùm autem rex interrogasset Heliodo-
rum qui esset aptus adhuc semel Hyerosolymam
mitti, ait, si quem habes hostem aut regni tui
insidiatorem, mitte illuc & flagellatum eum re-
cipies.* Mais faisons taire ce calomniateur trop

digne du châtiment, & par commifération ap-
prenons-lui que cette antique impofture a pour
auteur un Jéfuite nommé Meynier, & qu'un
certain Marandé, enfant perdu de la Société, l'a
inféré dans fon *état préfent de Janfénifme*, im-
primé en 1654; c'eft cette fourberie furannée
que l'Evêque de Montpellier eut le courage de
publier comme une nouveauté, en 1740, dans
une *Lettre Paftorale*, & c'eft d'après ces graves autorités que le Prêtre compilateur, que
l'exemple des autres n'a pas rendu plus fage,
nous donne fottement cette guenille retournée.

*Sans l'Archevêque de Paris*, continue l'Auteur, *qui s'oppofa fortement à ce projet, on alloit voir augmenter encore le nombre des moines,
& diminuer celui des citoyens*. Voilà un fait
avancé d'un ton décifif; où en eft la preuve?
Je fomme d'abord l'Ecrivain de me dire de quel
Archevêque de Paris il entend parler? Eft-ce de
François de Gondi, fous lequel Paris fut érigé
en Archev. en 1622? mais je lui ferme la bouche par le *mentiris impudentiffimè* du bon Pere
Valerien, qui vient là à merveille. En effet,
cet Evêque favorifa toujours les Religieufes &
les Solitaires de P. R. & il cenfura par un Mandement le libelle diffamatoire du Jéfuite Brifa-
cier, en déclarant que ces vierges étoient pures
& innocentes de toutes les accufations que cet
impofteur avoit intentées contre elles. Le Cardinal de Retz fon neveu ne fut pas moins attaché à P. R.; ce n'eft donc ni l'un ni l'autre de
ces Prélats qui a pu s'oppofer à ce projet. L'auteur diroit en vain que c'eft un autre Evêque,
& je fuis prêt à le précipiter dans le piége qu'il
a tendu lui même; *immittit pedes fuos in rete,
& in maculis fuis ambulat*. En effet, fi ce plan &
les conftitutions ont réellement exifté, s'il y a

eu une oppofition de la part du Prélat qui gouvernoit alors le Diocèfe de Paris, ce ne peut être
que de la part d'un des deux que je viens de
nommer, & voici, pour le prouver, un rai-
fonnement en forme. Ce plan a dû être formé
par, ou avec l'approbation de M. le Maître qui
a été le premier & comme le pere de ces Solitaires ; & celui que l'on prétend s'y être oppofé,
eft certainement l'Evêque, fous le pontificat duquel vivoit M. le Maître ; or ce dernier ayant
quitté le barreau en 1637, fe retira l'année fuivante dans le défert de P. R. avec quelques autres, & y mourut très-faintement en 1658,
ayant vécu feize ans fous François de Gondi
qui étoit mort en 52 ; il fuit donc que s'il y a eu
un plan, il a dû être formé par M. le Maître que
l'on regarde comme le fondateur de l'ordre, de
même que l'oppofition à ce projet, a été formée
par l'Evêque qui gouvernoit alors le Diocèfe
de Paris. Qu'à préfent l'Auteur prouve que
François de Gondi, qui a toujours favorifé les
Religieufes de P. R. & les pieux Solitaires qui
habitoient le défert ; qu'il prouve, dis-je, que
ce Prélat a traverfé leurs projets, & qu'il s'eft
oppofé à *un plan & à des conflitutions d'un ordre
d'une efpéce nouvelle* ; ou plutôt qu'il rende
hommage à la vérité, en avouant avec confufion qu'il s'eft imbécillement rendu l'écho d'une
faufleté imaginée par fes anciens confreres. [La
fuite l'Ordinaire prochain.]

---

*Errata de la feconde & troiflenie Lettre.*

P. 8, lig. 17, *de* vers, lif. dès
P. 9, lig. 21, *fincérité*, lif. févérité.
P. 12, lig. 19, *fon*, lif. fur
P. 13, lig. 14, lif. Baltus.

# SIXIEME LETTRE

## A M ***,

Sur l'Ouvrage intitulé : Querelles .
Littéraires, ou Mémoires pour servir
à l'Histoire des Révolutions de la
République des Lettres, depuis Homère
jusqu'à nos jours. 4 volumes in-12.
A Paris, chez Durand, Libraire,
rue du Foin.

JE vous ai déjà prévenu mon cher ***,
que l'audacieux écrivain des *Querelles*,
usurpe les droits de Dieu & sonde les cœurs,
en osant élever des doutes sur la sincère
piété de Paschal ; tout ce qu'il dit de ce génie immortel, page 282 , est servilement
copié de cette critique indécente & frivole
qu'a fait des pensées de ce grand homme ,
un Poëte téméraire qui s'avise même de
donner des leçons au Philosophe chrétien.
L'Auteur des *Lettres philosophiques* , de l'*E-
pitre à Uranie*, de la *Pucelle*, ouvrages brûlés
par la main du bourreau , & de tant d'autres qui mériteroient de l'être, avoir la folle
présomption de se mesurer avec un homme
tel que Paschal ? ceci ne rappelle-t-il pas
tout naturellement la fable des Titans qui

A

efcaladoient le Ciel ? Quoiqu'on ne dût que
rire de cette audace gigantefque, & que la
difproportion foit fi immenfe entre le critique & l'Auteur critiqué, qu'il eût peut-
être fuffi de prononcer leur nom pour toute
réponfe ; cependant M<sup>r</sup>. Bouillé, fçavant
Miniftre proteftant, a daigné prendre la
plume pour foudroyer le cenfeur imprudent, qui avoit ofé infulter la religion dans
la perfonne de Pafchal. Je vous invite mon
Ami, à relire cet ouvrage du Proteftant,
& vous y apprendrez à démêler les faux
raifonnemens & les parallogifmes de ce *bel
efprit*, travefti en *efprit philofophique*, qui
fous cette forme empruntée, n'a que trop
trouvé le fecret d'éblouir les ignorans, &
ceux qui pour avoir beaucoup lû, n'en ont
pas mieux appris à difcerner les fophifmes
d'avec les bonnes raifons ; au refte toutes
les invectives que vomit, contre Pafchal,
ce héros de l'impiété ne pouvoient manquer d'être du gout d'un Exjéfuite, qui
pour peu qu'il tienne encore à fes anciennes
affections, ne pardonne point à ce grand
homme, d'avoir le premier ouvert les yeux
à l'univers Chrétien, fur les horreurs des Cafuiftes de la Société. Si vous voulez, mon
Ami, vous remplir de tout le mépris, de
toute l'indignation que mérite l'Auteur des
*querelles*, lifez en entier l'affreux portrait
qu'il fait de cet Ecrivain inimitable ; &
vous oppoferez à cette indécente déclama-
tion, le jugement que les plus faints Evêques de France ont porté du même Pafchal
dans l'approbation de fes *penfées* : où fi le
détracteur exige une autorité plus convain-

cante pour lui, parce qu'elle est moins
fufpecte, qu'il s'en tienne à ce qu'en a dit
Bayle, qui termine ainfi l'éloge qu'il fait
de Pafchal : « les incrédules ne peuvent plus
» nous dire qu'il n'y a que de petits efprits
» qui ayent de la piété ; car on leur en fait
» voir de la mieux poufée dans un *des plus*
» *grands géometres, des plus fubtils métaphy-*
» *ficiens, & des plus pénétrans efprits, qui*
» *ayent jamais été au monde.* » Notre compilateur demande fi *la dévotion devroit aller*
*avec le fiel & la haine?* Non : mais qu'il me
dife en quoi Pafchal a fait parcître du *fiel*
*& de la haine?* Ce n'eft pas fans doute dans
fes *penfées?* C'eft donc dans fes *lettres* aux
*provincial?* C'eft du moins ainfi que l'entend l'Exjéfuite. Eft - ce donc marquer
du *fiel & de la haine* que de démafquer
avec adreffe les corrupteurs de l'Evangile,
que de combattre de la manière la plus
ingénieufe, leur fcandaleufe morale, & de
l'expofer au mépris & à l'horreur de tous
les honnêtes gens, pour couvrir fes partifans d'une confufion falutaire? Non fans
doute : mais c'eft en marquer beaucoup
que d'ofer en foupçonner Pafchal, que de
vouloir, faire douter de la fincérité de fa dévotion, que de répéter méchamment, toutes
les impertinences qu'a dit de lui l'Auteur
de la méprifable Critique de fes *penfées*,
qui, en attaquant cet ouvrage, n'a fait que
juftifier, par fon propre exemple, qu'il y a
loin d'un Poëte bel efprit, à un grand homme.

Après avoir ainfi travefti Pafchal, vous
vous attendez que l'Auteur n'habillera pas

mieux le fçavant Abbé de Saint Cyran , &
vous ne vous trompez pas. Il n'eſt ni moins
menteur, ni moins ignorant dans cet article, où tout eſt faux, où tout indique une
impéritie qui fait pitié , ou une mauvaiſe
foi qui indigne. D'abord, ce ne fut point
à Louvain que le Saint Abbé fit connoiſſance avec Janſénius, comme l'écrivain le prétend ; mais à Paris , où celui-ci vint par
le conſeil des médecins , pour rétablir ſa
ſanté , par le changement d'air. Il ajoute.
page 286, *que l'Abbé de Saint Cyran incon-*
*ſolable de la mort de Janſénius , revint en*
*France ;* & labévue eſt encore plus lourde
que la première. C'eſt le ſort de ceux qui
n'écrivent que par paſſion , ou dans le deſſein de faire des romans , de brouiller ,
de confondre tout. Mr. de Saint Cyran étoit
revenu en France plus de trente ans avant
la mort du prélat , laquelle arriva le ſix
mai 1638 ; & le 14 du même mois l'illuſtre Abbé fut mis à Vincennes , ignorant
encore la mort de ſon ami qu'on lui ca-
cha ; il n'en ſortit qu'en 1643 , & mourut
quelques mois après dans la même année.
Comment donc a-t-il pû revenir de Flan-
dre, où il n'étoit pas , en France où il étoit
depuis trente ans , *& faire uſage de ſes ta-*
*lens, pour accréditer l'ouvrage de l'Evêque*
*d'Ypres* , qui ne parut que pendant qu'il
étoit en priſon? Quel cas doit-on faire d'un
écrivain qui imprime de pareilles balour-
diſes. Je ne lui ferai pas l'honneur de relever ſes écarts théologiques : la manière
dont il expoſe les opinions de Baius , fait
voir qu'il n'entend pas la matière. S'il veut

s'en inftruire, je le renvoie aux *Lettres* du
père de Genes, dans lefquelles il appren-
dra à rectifier fes idées & à apprècier, à leur
jufte valeur, les bulles contre le célèbre
profeffeur de Louvain. Si ce romancier
qui prétend que l'Abbé de Saint Cyran eft
*un écrivain, foible & diffus, qu'on ne fonge
guères à lire aujourd'hui*, veut fçavoir auffi
ce qu'en ont penfé de meilleurs juges que
lui, qu'il life les approbations que dix-huit
Evêques de France donnèrent à l'*Extrait
des Lettres*, de ce refpectable Abbé, &
qu'il fe rappelle le précepte de Quintilien
qu'il faut juger les grands hommes avec
réferve pour ne pas être expofé à condamner ce qu'on n'entend pas ; *ne damnent
quod non intelligunt*. Le témoignage rendu par les prélats les plus diftingués de France, par leurs lumières, & par leur piété,
à la doctrine, & à l'innocence de M'. de
Saint Cyran, qui ofera le mettre en parallele avec les menfonges de d'Aurigni, les
calomnies de * * * & les impoftures de leur
écho ? N'eft ce pas encore, d'après de pareils
garans, qu'il ofe prononcer, page 285, que
Janfénius fe mit à compofer un *très gros
& très-ennuyeux livre* fur Saint Auguftin ?
Je parirois bien que ce *gros livre* n'a jamais *ennuyé* notre compilateur, puifque le
grand Arnauld a dit : *que l'Aug. a été fait
pour les fçavans, qu'il a été écrit dans la
langue des Sçavans ; que l'Auteur a pris la
grace pour matière, les Sçavans pour arbi-
tres, &c.* Ce Prélat ne devin: pas *chef de
fecte*, comme on a l'infolence de le lui reprocher. Il n'eut d'autre deffein en compo-

fant son ouvrage , que d'oppofer aux nôuveaux ennemis de la grace , le grand Docteur qui avoit térraflé les anciens , & de qui l'Eglife a tant de fois déclaré , qu'on devoit apprendre ce qu'on doit croire touchant ce myftère. Auffi cet ouvrage n'eft-il qu'un tiffu des textes de Saint Auguftin que Janfénius a mis dans un ordre qui fait voir, combien les principes de ce Pere font liés & fuivis. Si l'Auteur des *Quere'es* à le malheur de s'ennuyer dans les écrits de ce fçavant Prélat , il peut s'amufer dans les *Opéra* de Quinault ; mais qu'il ne s'avife plus de décider en maître fur des Ouvrages qui ne font pas à fa portée : *futor non ultrà crepidam.* L'épitaphe que l'on mit fur le tombeau de Janfénius, n'étoit ni très-longue ni très-*emphatique.* Elle ne contenoit que l'éloge bien mérité de la vertu & de la fcience de Janfénius ; & le Compilateur qui annonce fimplement qu'elle fut ôtée, a voulu ignorer, que ce fut vingt ans après qu'elle eut été placée ; que ce fut à la follicitation de fes ennemis & malgré la réfiftance du Chapitre , qui s'oppofa fortement à l'outrage que l'on faifoit à un Evêque, fi recommandable par fa tendre piété, fon érudition , fa follicitude , & fon zèle pour le falut des ames.

Page 285 , l'Auteur des *Querelles* s'exprime ainfi : *Le Livre de la fréquente Communion donné par le grand Arnault , jetta la première épouvante ; il l'avoit fait pour les religieufes de Port-Royal.* Ici la vérité fe trouve à côté du menfonge. Il eft vrai que l'ouvrage allarma les profanateurs des cho-

fes faintes ; les corrupteurs de la morale
Chrétienne ; mais il eft auffi très-vrai que
tous les bons chrétiens en furent édifiés & 
qu'il produifit les fruits les plus heureux dans
l'Eglife. Mr. Arnauld le compofa pour réfuter les maximes horribles du Père Saif-
maifon Jéfuite ; & il y expofa fidèlement
les fentimens des Pères , des Papes , & des
Conciles , touchant l'ufage des Sacremens
de Pénitence & d'Euchariftie : il fut ap-
prouvé par feize Prélats & vingt-quatre
docteurs de Sorbonne , & l'un des Evêques
approbateurs , rend témoignage que l'Auteur,en le compofant, *avoit été animé par le
même efprit qui anime l'Eglife.*

L'enfer,qui en frémit , fouleva tous ceux
qui fuivoient des maximes contraires à
celles, que le grand Arnauld établit à la
lumière de l'écriture & de la tradition. La
Société fe déchaîna contre l'ouvrage , d'a-
bord en France ou fa fureur échoua , enfuite à Rome , où fes efforts ne furent pas
plus heureux , puifque le Livre fut reconnu orthodoxe , & fortit fans atteinte des
mains des Cenfeurs. Tel eft néanmoins l'ouvrage que le Compilateur appelle *médiocre*:
il ne fut point fait , ainfi qu'il l'avance ,
pour les *rel. de P. R.* car on avoit un grand
foin de leur ôter la connoiffance de tout
ce qui étoit contentieux ; & ce ne fut que
plufieurs années après qu'il eut paru,qu'on
leur permit de le lire.

Ici , mon cher Ami , il faut rendre gloire à Dieu , & admirer la force élaftique
de la Vérité , qui fçait fe faire jour à travers les nuages les plus épais, dont une ame

puiſſe être, ofuſquée. Je tremblois qu'il ne fallut encore en venir à diſcuter avec l'Auteur des *Querelles*, l'inſipide Roman de *Bourg-Fontaine* ; mais il traite lui-même cette aſſemblée de *calomnie ridicule*, page 290. Donnons lui acte de ſa déclaration, & invitons-le à être déſormais toujours ſincère. Il faut encore le féliciter d'un autre aveu qu'il fait, page 292, qu'Innocent X condamna chacune des propoſitions attribuées à Janſénius, *à part, ſans citer ce qui les précédoit, ni ce qui les ſuivoit* ; ( ce Pape après tout, eut été fort embarraſſé de citer *ce qui précède & ce qui ſuit des propoſitions qui ne ſe trouvent point dans le Livre ou l'on prétend qu'elles ſont* ), *ni même, pourſuit-il, les pages d'où elles étoient tirées ; une telle omiſſion* N'EUT PAS E'TE' PARDONNABLE DANS LE MOINDRE TRIBUNAL PARTICULIER. Avouons-le, la vérité ſort ici de la bouche de l'Auteur, comme elle ſortit de celle de l'aneſſe de Balaam, & de celle de Caïphe. Ce prophête, ſans le ſçavoir, fait auſſi une réflexion bien propre à diſſiper la chimère qu'il veut réaliſer ; *il fallut*, dit-il, *toute l'autorité du Cardinal Mazarin pour donner un paſſeport à la Bulle.* Il n'y a, en effet, que l'erreur qui ait beſoin de ces ſortes de paſſeports, la vérité n'en a que faire ; & comme Meſſieurs de P. R. l'avoient de leur côté, ils ont triomphés, ſans aucun *paſſeport*, de tous les obſtacles que l'erreur leur a ſuſcités. *Ils voulurent prouver, ajoute notre romancier, que Janſénius n'a pas dit ce qu'il a dit, & ce qu'on trouve dans plu-*

*fieurs endroits de fon Livre.* Je n'ai garde d'exiger de lui qu'il cite les textes de Janfénius dont il veut parler, la chofe lui eft impoffible ; d'abord, parce qu'il n'a pas lû Janfénius ; enfuite, parce que ces paffages n'y font point : mais je le fomme de me dire pourquoi, au lieu de s'amufer à fabriquer des propofitions qu'on fçait n'être point dans l'*Auguftinus*, les ennemis du fçavant Prélat, n'ont pas fait condamner *ces endroits* que le Compilateur prétend y être ? qu'il réponde, *& erit mihi magnus Apollo.*

Page 295, ce même Arnauld, dit l'écrivain . . . . . . *avançoit tous les jours quelque propofition finguliére.* Ici le chien retourne à fon vomiffement, *Canis redit ad vomitum, & le faifeur de Querelles,* reprend fon rôle de menteur. Les plus cruels ennemis du grand Arnauld, malgré toute l'exactitude des recherches que peut infpirer l'envie de nuire, ne trouvèrent dans la multitude de fes écrits, que deux propofitions qu'ils firent condamner à force de violence & d'intrigues ; & un inconnu qui n'a jamais lû les ouvrages de ce Docteur, ofe l'accufer *d'avoir avancé chaque jour quelque propofition finguliere !* Je lui donne un défi : c'eft d'en citer une feule qui ne foit conforme au langage de l'écriture & de la tradition; & je prend fon filence pour un aveu d'impuiffance. La fameufe propofition fur faint Pierre, qui eft irrépréhenfible à tous égards, fervit de bafe à ce monftre d'irrégularité & d'injuftice, à cette fatale Cenfure, monument d'infamie pour la Sorbonne, qui s'anéantît elle-même, en retranchant de fon corps le plus grand homme du fiècle, fon ornement & fa gloire qu'elle ne méritoit pas de conferver.

La manière indécente dont le Compilateur parle du miracle opéré fur Mlle. Perier, page 299, fuffiroit pour décider le problême, s'il pouvoit y en avoir fur fa religion. *Ce miracle vrai ou faux*, dit-il, *recula la ruine du Monaftère.* Eft-ce ainfi qu'un chrétien doit s'exprimer fur un prodige vérifié par les grands-vicaires de Paris, certifié par le chirurgien de la Reine, qui fut chargé d'en faire l'examen, par d'autres médecins & chirurgiens, allegué par le célèbre Evêque de Tournay Choifeul, dans un écrit fait pour prouver la vérité de la religion, prodige dont la certitude fut portée jufqu'à la démonftration ? Je fçai bien que notre écrivain ne croit pas aux miracles ; mais il devroit au moins refpecter les bienféances, & ne pas fi fouvent oublier qu'un prétre, fut-il impie, ne doit pas tenir le langage des impies. Je paffe legèrement fur les traits dont il barbouille, page 300, la ducheffe de Longueville : il eft plus fait pour peindre la vie mondaine de cette princeffe, que fa vie pénitente. Tout ce morceau eft d'un petit-maître qui fait affaut de bel efprit, & qui facrifie tout à la petite manie de l'antithèfe. Apprenons cependant, à ce Déclamateur imprudent, que la ducheffe, loin de conferver fon *inquiétude & fon penchant à la Cabale, de l'aigreur & du fiel contre la Cour*, de *s'occuper du bel efrit* que l'auteur met en contrafte avec *la piété*, toute occupée en effet de fa réconciliation avec Dieu , entra dans la carrière laborieufe de la pénitence , où elle édifia pendant vingt-fept ans, par fes auftérités , fon humilité , fa patience & la pratique exacte de toutes les vertus chrétiennes. Tel eft le portrait que font de cette princeffe ceux qui ne peignent pas d'imagination, & qui ne veulent pas nous donner leurs folles vifions pour des réalités & les délires de leur efprit, pour l'expreffion de la vérité.

Page 301 , *on lit* , dit l'Auteur , *dans une vie d'Arnauld , que les Jéfuites ont dans toutes les parties du monde & dans tous les états des émiffaires , qui, fans porter l'habit, ne font pas moins liés par des vœux.* J'ajoute que le fait eft certain , & que fi on en demande des preuves, il faut lire la page 287 de l'*Hiftoria Tutelenfis* de Balufe , *in*-4° ; on y trouvera la formule des vœux de cette efpèce faits par la Baume évêque de Nantes. Et , à propos des Jéfuites , je me fais un devoir de donner encore acte au Compilateur d'un aveu qu'il fait à leur fujet , dans une note qui eft au bas de la pag. 320, & que je vous invite à lire toute entière : on aime cette fincerité dans l'anonyme , & s'il en eût toujours pris le ton, fon ouvrage auroit un défaut de moins. Mais on ne fent que trop que , quand il dit vrai , il parle une langue étrangère , & la preuve fe trouve à la page fuivante , où il s'exprime ainfi fur l'immortel auteur des provinciales. *La méchanceté de Pafchal confiftoit en ce qu'avec beaucoup d'adreffe , il attribuoit à toute la Société des opinions auffi ridicules*

*que dangereuſes de quelques Jéſuites Eſpa-*
*gnols & Flamands.* N'eſt-ce pas plutôt ici
la mauvaiſe foi ordinaire du Compilateur
qui paroît dans tout ſon jour ? Un homme
qui a été Jéſuite, peut-il ignorer que tous
les ſentimens de tous les Jéſuites, répandus dans les différentes parties des deux
mondes, ſont les ſentimens du corps entier ?
La choſe n'eût-elle pas été éclaircie, comme elle l'a été dans ces derniers temps,
en faudroit-il d'autres preuves que les approbations données par le Général aux différens membres de la Société, qui peuvent
bien penſer autrement que ce monarque,
mais à qui il n'eſt pas permis defaire paroître
d'autres ſentimens, d'autre volonté que la
ſienne ? D'ailleurs, pluſieurs des écrivains
attaqués par Paſchal, étoient François, Al-
lemands, &c. Et enfin, le jéſuite Pirot fit
l'apologie de ces infâmes caſuiſtes, le Père
Moya Eſpagnol en fit auſſi une, Honoré
Fabri de la même Compagnie, en compoſa
une 3ᵉ. ſous le nom de *Bernard Stubrok.*
Ce n'étoit point aſſez : le dernier en fit
imprimer une 4ᵉ. en deux vol. *in-folio,*
laquelle fut approuvée par le jéſuite la
Chaiſe & huit Jéſuites du premier Ordre.
Hé! combien n'en trouveroit-on pas d'autres, ſi l'on vouloit ſe donner la peine de
faire des recherches : Il eſt donc évident que
la doctrine que Paſchal à combattue, n'eſt
pas celle de quelques particuliers, mais la
doctrine du corps ; que c'eſt avec raiſon
qu'il a attribué toutes ces horreurs à la Société entière, & qu'il n'y a de *méchanceté*
que celle, que l'auteur des *Querelles* a miſe

dans cette imputation calomnieufe,

Mais admirez encore une fois l'impar‑
tialité dont fe pique cet écrivain : il prête
une intention criminelle à Pafchal , qui
certainement n'a eu d'autre intention , que
de venger la morale de J. C. des infamies
dont les cafuiftes de la Société , l'avoient
fouillée ; & , quand il s'agit d'une fcélera‑
teffe infigne , de l'horrible *fourberie de
Douai* , il en parle légèrement , comme
d'une gentilleffe. , *au combat , à force ou‑
verte* , dit-il , pag. 407 , *on joignit les ru‑
fes de guerre* ; & , tout de fuite, il raconte
d'un air badin, en deux mots , le complot
le plus noir , & qui doit faire horreur à tout
homme, en qui les fentimens d'honneur &
d'humanité, ne font pas entièrement éteints.
Vous fçavez , mon Ami , que le plan de
cette manœuvre odieufe , fut conçû par les
Pères de Vaudripont, & Berkman , Jéfui‑
tes , profeffeurs de Philofophie dans leur
collège à Douai , 1°. pour fe venger d'un
profeffeur de l'Univerfité nommé Ligni ;
2°. pour décrier ceux de la faculté de Théo‑
logie qui étoient oppofés à leurs nouveau‑
tés ; 3°. pour faire regarder le gr. Arn.
comme un chef de parti, qui travailloit à éle‑
ver une nouvelle Eglife , fur les ruines de
l'ancienne. Tournely, depuis fi fameux , fit
fon apprentiffage de friponnerie dans cette
indigne pièce , laquelle fut jouée pendant
plus d'un an , & finit par l'exil de cinq Théo‑
logiens , & le banniffement de trois autres.
Il eft vrai que les auteurs de ce myftère
d'iniquité, furent bientôt découverts , & au‑
roient été punis de leur noirceur , fi ces

fourbes n'euffent eû le crédit d'arrêter le cours de la Juftice. Voilà ce qu'un prêtre Exjéfuite appelle *rufe de guerre*, & ce qu'un honnéte homme doit appeller un violement affreux de la bonne foi & de tout ce qu'il y a de plus facré. L'impudent écrivain qui badine fur cette trahifon horrible, a l'infolence d'ajouter, que l'*avanture amufa Louis XIV*, comme fi ce grand prince eut pû fe réjouir d'une atrocité par laquelle furent foulées aux pieds, les loix les plus inviolables de la nature. Les feuls qui y applaudirent, & y applaudiffent encore, ce font ces hommes qui abandonnent le chemin droit, & qui marchent par des voies ténébreufes, qui fe réjouiffent, lorfqu'ils ont fait le mal, & qui triomphent dans les chofes les plus criminelles, dont les voies font toutes corrompues, & dont les démarches font infâmes : *qui relinquunt iter rectum & ambulant per vias tenebrofas, qui lætantur, cum malè fecerint, & exultant in rebus peffimis, quorum viæ perverfæ funt & infames greffus eorum.* Prob. c. 1, 13. 14.

Dans tout le refte de l'article, l'Auteur ne fçait plus ce qu'il dit ; il parle de la paix de Clément IX, en homme qui n'en a pas la première idée ; il envoye le nonce chez M. Arnauld, & ce fut celui-ci qui rendit vifite au Prélat : il infulte très-gratuitement l'abbé de Pomponne, qui n'étoit que petit neveu du Docteur, & que celui-ci avoit à peine connu ; il accufe ce grand homme d'avoir eu l'*ambition d'être chef de parti*, & il ne fait que répéter cette fottife d'après l'écrivain du fiècle de Louis XIV, qui lui en a fourni tant d'autres : il parle de la foi *divine* & de la foi *humaine* , & il confond toutes les idées. Les *Janséniftes* , dit-il , *vouloient qu'on crût le droit d'une foi divine , & le fait d'une foi humaine* : leurs antagoniftes *exigeoient la foi divine pour le fait*. Ce fut Perefixe lui-même, antagoniste des Janséniftes, qui propofa cette foi humaine pour le fait ; & l'on fçait que Nicole pulvérifa la prétention du Prélat, par un excellent ouvrage. Quoique *les antagoniftes des Janséniftes* fuffent très-capables de faire des hérélies , & qu'ils n'en ayent que trop fait , cependant il n'y a guères eu que Fénélon qui ait exigé : la foi divine pour un fait non-révélé, ce qui eft forcer à croire par la parole de l'homme , comme à celle de Dieu, & par conféquent une hérélie formelle. Il ne nous refte qu'à demander à l'auteur des *Querelles*, de la bouche duquel la vérité arrache les louanges des Rel. de P. R., à peu près comme dieu *force le diable à louer fes faints* , fi ces faintes filles méritoient des traitemens auffi rigoureux , que ceux qu'elles ont éprouvées ; d'être difperfées , bannies, arrachées de leur faint monaftère , où on ne laiffa pas pierre fur pierre, & où l'on porta la profanation, jufqu'à exhumer les corps des faints qui repofoient dans ce Sanctuaire ; fi, dis-je, elles méritoient toutes ces rigueurs , pour avoir réfufé de croire, & d'affirmer avec ferment, un fait inutile à leur falut & injurieux à un faint Evêque, mort dans le fein de l'Eglife ? Je le laiffe fur cette queftion , & je vous embraffe de tout mon cœur.

1er. Février.

# SEPTIÉME LETTRE,

## A M. * * *.

### Sur l'Ouvrage intitulé *Querelles Litteraires*, &c.

JE reviens aux *Querelles Litteraires*, mon cher * * *, & sans m'astreindre à la marche de l'Auteur, je choisirai les articles dont la discussion me paroîtra & plus conforme à mon goût, & plus relative à votre instruction. Ainsi ne m'attachant qu'à ce qui est littéraire ou théologique, je me garderai de mettre sous vos yeux, les misérables disputes des Capucins & des Cordeliers, des Carmes, & des Jésuites, & beaucoup d'autres, dont on ne doit se souvenir, que pour [déplorer l'égarement de l'esprit humain, & que le *Querelleur* a tort de rappeller, puisqu'elles sont totalement étrangeres à son sujet. Quel rapport en effet le *capuchon des Cordeliers* & la prétendue *descendance des Carmes*, ont-ils avec l'histoire des gens de lettres ? Les discussions théologiques sont-elles plus de son ressort ? Ne voit-on pas dans cette affectation à s'étendre sur des abus, nés de la barbarie des siècles d'ignorance, le dessein criminel de ne présenter la religion, que par ce qui peut la rendre ridicule ; de la confondre avec le fanatisme & ses suites cruelles, enfans impétueux du trouble des passions, pour l'en rendre elle-même

même responsable ? Instruit, comme vous
l'êtes, mon ami, je n'ai pas à craindre que
vous preniez le change, & que vous soyiez la
dupe de l'artifice d'une secte enthousiaste,
qui n'appuye si fortement sur ce qu'elle appelle *guerres théologiques*, que pour tomber
plus rudement encore, sur une religion dont
l'esprit est un esprit d'amour pour Dieu,
de soumission aux Puissances, & de charité
envers tout le monde. Si le zèle a quelquefois des écarts, s'emporte trop loin, cause
du désordre & des divisions, c'est un zèle
criminel, que l'Evangile condamne, que
n'a jamais inspiré, le véritable esprit de Jesus-
Christ, & qui a sa source dans la nature corrompue. Que l'Ecrivain des *querelles* & ses
semblables apprennent donc à distinguer la
religion, de l'abus qu'en ont fait de mauvais
Chrétiens ? qu'ils sçachent que la foiblesse
humaine peut abuser de tout, & qu'ils en
sont eux-mêmes une preuve frappante. De
quels excès, en effet, ne sont-ils pas coupables ? Ne peut-on pas dire d'eux tous, à
proportion de leurs talens, ce que dit de leur
coriphée, un Orateur éloquent ? „ Il eut de
» grands talens mais il en fit un abus énorme.
» Le flambeau du génie n'a été dans ses
» mains, qu'un flambeau destructeur, qui a
» porté le ravage dans la religion & dans les
» mœurs ; c'est à ses écrits qu'on doit ces
» maximes lubriques qui ont fait goûter le
» vice, en le dépouillant de ce qu'il avoit
» d'affreux ; ces maximes licentieuses qui
» ont affoibli l'esprit de soumission dans les
» sujets, & ébranlé le trône des souverains ;
» ces maximes impies qui ont fait déserter

B

» les temples de la religion, faper les autels,
» immoler les miniftres au ridicule & au
» mépris. " Je laiffe à l'Auteur des *Querelles*
le foin d'appliquer cette tirade énergique à
l'écrivain *deftrutt ur*, *lubrique*, *licentieux*,
*fa irique*, *féditieux*, *impie*, à qui elles convient exclufivement à toutautre. C'eft un
original de fa connoiffance, & pour peu
qu'il foit tenté de fe méprendre à l'application, j'aurai occafion de le redreffer, en
continuant ma route.

Vous vous rappellez, mon ami, que, dans
ma premiere lettre, j'ai relevé une expreffion indécente, à la pag. 12 du premier volume, par laquelle l'Auteur défigne les Magiftrats du fiècle dernier, qui rendirent des
Arrêts en faveur d'Ariftote & de fa doctrine.
J'y reviens aujourd'hui, parce que, faute
d'attention, quelques perfonnes prétendent,
que la qualification odieufe de *Mid s en robe*
ne peut fe rapporter au Parlement. Examinons le texte. ,, En 1624, dit le *Querelleur*,
,, trois Profeffeurs de l'Univerfité foutinrent
,, des thèfes contre Ariftote : auffitôt nou-
,, velles clameurs, nouvelles divifions, nou-
,, velles pourfuites de fa part. Elle étoit im-
,, patiente de rejetter de fon fein ces enfans
,, rébelles. Le Parlement interpofa fon auto-
,, rité : les trois Profeffeurs furent condam-
,, nés, bannis de fon reffort, & leurs thèfes
,, déclarées fcandaleufes, & fchifmatiques,
,, & comme telles, profcrites dans tout le
,, Royaume. . . . . Cependant un de ces
,, génies, fait pour élever celui de toutes les
,, Nations, avoit quitté fa patrie pour la Hol-
,, lande. Loin des *Midas en robbe*, il s'étoit

,, fait dans fa folitude de Northolland, un
,, azile acceffible au repos & à la vérité. ''
Je demande quels font ces *Midas en robe*,
loin defquels, &c. Ce ne font certainement
pas les 3 Profeffeurs bannis, qui étoient per-
fécutés, & non perfécuteurs : ce font donc
les Magiftrats, qui, dans le fens de l'Auteur,
perfécuterent les trois Profeffeurs, les ban-
nirent du Royaume, & loin defquels Defcartes s'étoit fait *dans fa folitude un azile acceffible au repos & à la vérité.*

Or, convient-il à un particulier, de parler avec tant de mépris, d'un Corps digne de
tout refpect, qui, n'étant pas fait pour entrer
dans la difcuffion de la doctrine d'Ariftote,
crut devoir pour le bien de la paix, & pour
éviter de plus grands troubles, la maintenir
dans la poffeffion où elle étoit ? Si l'Auteur
avoit envie d'appliquer fa note injurieufe,
il devoit la faire tomber fur les membres de
l'Univerfité, qui étoient les feuls coupables ;
ou plûtôt, il auroit dû avoir la bonne foi de
convenir que c'étoit l'erreur du tems, encore
plus que des perfonnes ; & qu'il falloit que
Defcartes, ce génie étonnant, parut, pour
déclarer la guerre aux préjugés & à l'ignorance, & ranimer l'étude de la nature, laquelle étoit comme engourdie par l'ufage
univerfel des écoles de s'en tenir en tout, aux
rêveries du péripatétifme. Le Compilateur
ajoute que l'Arrêt, dont il s'agit, eft une
*des chofes qui ornent le plus le palais de la fot-
tife dans le nouveau Poëme de la Pucelle d'Or-
léans*, & il en cite deux vers : *Admirez ce
Prêtre qui a le courage d'emprunter fes autorités, d'un écrit abominable, qui eft une*

fentine d'obfcenités, où n'entre qu'en trem-
blant, le libertin le plus diffolu, & le plus
effrené : Ecrit fi infâme, que fon Auteur,
qui, d'ailleurs a fait fes preuves en tout genre
de licence, a cru devoir le défavouer, &
dont un homme revêtu d'un caractère facré
devroit ignorer jufqu'au nom ! Il faut s'attendre déformais à le voir puifer fes citations
dans les *fonnets* de l'Arétin, l'*Aloyfia figea*,
le *P. des Ch.* &c. & autres ouvrages de cette
efpèce, qui ne paroiffent pas être pour lui
des *livres médiocres & ennuyeux.*

L'Auteur des *Querelles*, après avoir très-
imparfaitement efquiffé l'hiftoire de l'Har-
duinifme, conclut que les fentimens d'Hardouin menent à *un pyrrhonifme univerfel, &
à l'incrédulité*, & que cependant ce Jéfuite
*étoit plein de vertu & de religion.* Refte à fçavoir comment on peut concilier le *pyrrhonifme & l'incrédulité* reconnue, avec *la vertu
& la religion ?* C'eft au Compilateur à nous
donner l'accord de cette contrariété ; jufques-
là, nous penferons que ce fyftême impie,
qu'Hardouin n'a jamais abandonné, malgré
fes rétractations, ce zèle qu'il témoigna
toujours à fe faire des profélites, ne prouvent ni *vertus* ni *religion.* Que ce Jéfuite fe
fût contenté de croire que tous les écrits qui
ont paffés jufques ici pour anciens, ont été fa-
briqués dans le treiziéme fiècle par des fri-
pons de Moines, *confceleratus grex erudito-
rum*, qui fe donnerent le mot, pour s'appeller
les uns Homere, Platon, Ariftote, Plutar-
que, & les autres Tertullien, Origene, Ba-
file, Auguftin &c. qu'il fe fût perfuadé que
l'*Enéide* & les *Odes d'Horace*, ont été compo-

fées par ces mêmes Moines; qu'Enée ne ſoit autre choſe que Jeſus-Chriſt, & *Lalage* maîtreſſe d'Horace, la *Religion Chrétienne*; c'étoient des extravagances & des viſions qui ne méritoient d'autre réponſe, que celle que fit Boileau à quelqu'un qui l'entretenoit de ce ſyſtême par rapport à Virgile & à Horace; *ces Ecrivains, dit-il, du 13<sup>e</sup>. & quatorziéme ſiècle, qui ont compoſé de ſi beaux ouvrages dans des ſiècles ſi barbares, étoient bien ſots ou bien humbles, de cacher ainſi leurs noms, & d'emprunter ceux des anciens pour ſe déguiſer.* Mais le prétendu viſionnaire avoit un autre but; c'étoit de ſubſtituer à l'ancienne tradition ce qu'il appelle la *tradition commune*, c'eſt à-dire, cet aſſemblage de faux dogmes & d'opinions perverſes, que la Société à réſuſſcitées ou inventées; ce nouveau corps de doctrine, diamétralement oppoſée à celle qui ſe conſerve en dépôt dans les livres des ſaints Peres, qu'il eût voulu faire paſſer pour les ouvrages de quelques impoſteurs, afin d'introduire dans l'Egliſe un pyrrhoniſme affreux, & ce qui en eſt une ſuite naturelle, le déiſme, cette religion naturelle, dans laquelle l'homme par lui-même & ſans la connoiſſance de Jeſus-Chriſt, pourra rendre à Dieu le culte qui lui eſt dû, & mériter les récompenſes attachées à l'accompliſſement de toute juſtice. Telles furent les vûes de cet homme plein de *vertus & de religion*; vûes qui ont été adoptées par le trop fameux Berruyer, de l'aveu même du Compilateur, qui convient que *l'Hiſtoire du Peuple de Dieu, porte d'un bout à l'autre ſur le ſyſtême d'Hardouin.* C'eſt en effet d'après ſon confrere que

4

Berruyer ofe y traiter de *langege vuide de fens & d'objet d'imagination*, c'eſt-à-dire de CHIMERES, *les vérités éternelles & indépendantes de toute inſtitution, les idées eſſentielles de vrai, de beau, de bon ;* qu'il y renouvelle les héreſies d'Arius, de Neſtorius & de Pélage, & les impiétés des Sociniens & des Déiſtes. Le Compilateur qui reconnoît toutes ces horreurs dans l'ouvrage du Jéſuite, eût-il dû s'exprimer, comme il le fait, en parlant de la premiere partie ? *Ce liure*, dit-il, *eut le fort de toutes les nouveautés marquées au coin du génie & de l'audace.* Ne diroit-on pas qu'on n'a à reprocher à Berruyer, que quelques déciſions hardies ſur des opinions arbitraires ! Et vous n'ignorez cependant pas, mon ami, que le criminel Auteur de *l'hiſtoire du Peuple de Dieu*, n'a pas craint d'altérer le texte ſacré, d'en défigurer l'auguſte ſimplicité, de faire de l'écriture, un roman burleſque & dangereux, dans lequel il parle lui-même avec irréligion, fait parler Dieu avec indécence, & les perſonnages de l'ancienne loi, avec toute la fadeur des héros de la Calprenède, & ne perd aucune occaſion de ſemer ſur ſa route toutes les erreurs de la Société. Sont-ce donc-là des *nouveautés marquées au coin du génie ?* Non, ce ſont des impiétés marquées au coin du plus grand ſcandale ; & comment oſe t-on avancer que l'Auteur feroit un des plus grands hiſtoriens de la nation, s'il étoit *moins diffus, plus circonſpect dans les termes &c.* ? La premiere loi d'un hiſtorien n'eſt-elle donc plus de reſpecter la vérité ? & ſurtout un hiſtorien du Peuple Juif, devoit-il mettre *des impiétés* dans la bouche de Dieu, qui eſt la vérité même , des *obscenités* dans celle des saints de l'ancien testament , & ne présenter dans les actions des patriarches & des saintes femmes , *que des écueils pour l'innocence & la pudeur ?* Ce sont de telles horreurs que le Compilateur appelle, des *nouveautés marquées au coin de l'audace & du génie ;* cela revient assez à cette *manière nouvelle, inimitable* avec laquelle M. de * * * a sçu traiter l'histoire , & il faut avouer que le Jésuite & le Poete sont deux grands modeles pour le genre historique. Mais appliquons plûtôt a ces deux histrions le bon mot de l'Anglois que je vous ai déjà cité , *quis non indignaretur rem tanti momenti &c ?* Notre écrivain convient que , dans la seconde partie de son histoire, Berruyer attaque le *mystere de l'incarnation divine ,* & il ajoute que cette *seconde partie a soulevé tout le monde contr'elle , & les dévots qui en ont été scandalisés, & les incrédules qui ne l'ont pas trouvé assez hardie & tranchante, & les Jésuites qui l'ont dénoncée, après l'avoir laissé paroîtr , & les Prélats qui l'ont censurée , & Benoît XIV qui l'a condamné &c.* Ne riroit-on pas de cette puérile gradation si la matière étoit moins sérieuse? Mais qu'entend-il par cette expression qui lui est familiere , *les dévots furent scandalisés , les dévots clabauderent, les dévots frémirent , les dévots se souleverent &c.* termes qu'il employe toutes les fois qu'il s'agit d'une réclamation contre des impiétés notoires ? S'il désigne par-là ceux qui croyent au dogme sacré de l'incarnation divine , il y avoit certainement de quoi les scandaliser dans la seconde partie de l'histoire du *Peuple de Dieu ;* puisque l'Au-

teur avoue que Berruyer y attaque ce myſ-
tère ; & s'il y croit lui-même, il a dû être du
nombre des *dévots ſcandaliſés*, où s'il n'y
croit pas, il faut le compter parmi les *incrédules*, qui ne la trouverent pas aſſez *hardie
& tranchante*. S'il eſt dans cette derniere
claſſe, je le tiens pour un homme difficile en
impiétés ; mais il n'a rien à reprocher à Berruyer, qui, de l'aveu du Pape regnant, a
mis le *comble au ſcandale* par cette derniere
partie de ſon ouvrage ; *ſcandali menſuram im-
plevit*, C'eſt ici qu'il faut encore donner acte
à notre écrivain d'un aveu fait de toute la
plénitude du cœur ; & *les Jéſuites*, dit-il,
*qui l'ont dénoncée après l'avoir laſſé paroître*.
Quiconque en a douté juſqu'à préſent, doit
enfin être déſabuſé par l'avanture de Bordelet
qui a aſſez éclatée, & qui deſillera les yeux
ſur les petites ruſes de ces bons Peres. Faire
imprimer des livres, où eſt renfermé tout le
venin d'une doctrine dangereuſe, les déſa-
vouer avec un faſte impoſant, & néanmoins
continuer, à les répandre, & à les faire réim-
primer ; telle a été dans tous les tems la marche uniforme de la Société. Si elle trouve
encore des dupes, elle n'en ſera pas rede-
vable à la fineſſe de ſa politique ; mais à l'im-
bécillité de quelques idiots, qui voudront
bien ſe laiſſer tromper, ou à la fourberie de
quelques gens intéreſſés à feindre de la
croire. Le Pere Berthier, homme d'eſprit &
d'érudition, eſtimable à tous égards, s'il
n'avoit le malheur d'être Jéſuite, ne vient-
il pas de nous fournir tout récemment une
preuve du manége tortueux de ſa Compagnie ? Dans un des derniers *Journaux de Tré-
voux*,

*v oux*, il ne craint pas d'en impofer à tcu l'Univers, en affurant du ton le plus décifif que la Société n'a aucune part à l'impreffion des ouvrages pofthumes du vifionnaire Hardouin ; & il ne peut cependant ignorer que les *commentaires* & les *athæi detecti*, ont été publiés par fon confrere Oudin ; qu'un autre Jéfuite, nommé de Genes, a donné une traduction du dernier ouvrage , laquelle a été imprimée à Caen. Telles font les fuites funeftes de cette obéiffance aveugle & paffive, qui enchaîne tous les membres du corps au defpote redoutable qui le tyrannife ? En vertu de cette obéiffance d'efclave, le Journalifte a reçu ordre de fes Supérieurs de mentir publiquement ; &, malgré lui, contre fa confcience & fes lumie.es, il a cru devoir le faire. Seroit-il donc permis, felon la théologie de la Société, de dépofer quelquefois le perfonnage d'honnéte homme, comme il eft permis de quitter celui du chrétien ? *Le Pere Berruyer*, ajoute notre *Querelleur*, *foufcrivit à fa condamnation, & marqua nommément fa foumiffion au Mandement de l'Archevêque de Paris, par un acte qu'il remit à ce Prélat &c.* Et voyez comme ce Compilateur, qui, dans fes quatre volumes, débite tant de chofes fauffes, tant d'autres inutiles, devient laconique à contre-temps, & ne dit rien ici de tout ce que l'exactitude hiftorique exigeoit de lui ? Ignoreroit-il qu'au défaut de l'autorité eccléfiaftique, la féculiere vengea la religion des blafphêmes du Jéfuite par un Arrét, qui condamne fon livre à être laceré & brulé par la main du bourreau, & qui ordonne que le Frere Berruyer fera

mandé pour être entendu ? Ce Frere Berruyer feignit une indifpofition , qui lui épar-
gna l'humiliation bien méritée : & la Cour,
ufant d'indulgence envers lui , fe contenta
d'une déclaration tournée avec efprit , dans
laquelle ledit Frere ne rétracte pas un mot
du fyftême monftrueux, & de la doctrine an-
tichrétienne qu'il avoit enfeignée dans fon
ouvrage. Mais ce prétendu malade , dont on
nous vante ici la *foumiffion* , ne tarda pas à
apprendre au public le cas qu'il faifoit lui-
même de fa rétractation ; & les écrits qu'il
compofa pour défendre fon livre, prouverent invinciblement, qu'il n'avoit fait que
céder à la néceffité. Si l'hiftorien des*Querelles*
a ignoré ces détails , il faut l'en inftruire, &
efpérer qu'il en fera ufage dans la feconde
édition de fon ouvrage. B. fit d'abord paroître trois *lettres* en réponfe à un Eccléfiaftique,
dans lefquelles il a l'infolence de menacer les
Evêques de tout le poids de l'indignation,
du crédit & des plumes de la Société , s'ils
ofoient condamner fon ouvrage , comme
l'avoient fait quelques uns d'entr'eux. Tel
eft le ton que prend cet homme , qui *foufcrivit à fa condamnation.* Il publia enfuite *une
défenfe* en forme de fon livre contre un *projet
d'inftruction Paftorale* de l'illuftre Caylus,
mort les armes à la main contre l'impiété.
Cet écrit , marqué au coin de la plus fuperbe
arrogance , n'eft qu'une effufion de louanges , que l'Auteur répand fur lui-même fans
pudeur , & un torrent d'invectives qu'il vomit contre fes accufateurs. Il compofa encore
une autre *défenfe* de fon ouvrage, adreffée à
M. Montigneau, fçavant Chanoine de Toul,

auteur de très-bonnes *remarques théologiques*
*& critiques* fur *l'histoire du Pere Berruyer :*
Cette apologie, plus violente que toutes les
autres, porte un caractère d'amour propre,
& de mépris pour fon adverfaire qui révolte;
elle fut fuivie d'un quatriéme écrit intitulé
*Nouvelle défenfe*, où l'on trouve la même
marche que dans les précédens. L'A teur
s'appelle fans fcrupule, *un homme de génie*,
vante *fa profonde érudition*, *la fagacité de fon*
*difcernement*, *fa droiture*, *fa bonne foi*, & ne
reconnoît rien de tout cela dans fes accufateurs. D'après ces faits, tous incontestables,
comptez fur la docilité de Frere Berruyer,
*à foufcrire à fa condamnation*, fur fa foumiffion
*au Mandement de l'Archevéque de Paris ;*
comptez auffi fur l'exactitude de l'hiftorien
des *Querelles*, qui accumule les fauffetés fur
faint Bernard, Pafcal, Arnauld, Boffuet &c.
& qui fe pique d'une réferve infidele quand
il s'agit de rapporter des vérités défagréables
du plus dangereux écrivain qu'ait produit
une Société très-fertile en hommes pernicieux. Je vous ferai obferver, mon ami,
encore un mot dans cet article. Le Compilateur, en comparant les deux parties de l *hif-*
*toire du Peuple de Dieu*, dit qu'il y a bien un
autre MERVEILLEUX *dans l'ancien que dans le*
*nouveau teftament ;* c'eft ainfi que penfe ce
Prétre de la nouvelle loi. Il eft vrai que ce
n'eft pas le fentiment de faint Paul, qui nous
enfeigne que la loi de Moyfe ne mene rien à
la perfection ; & que, fans pouvoir nous donner l'accompliffement des promeffes, elle
nous les montre feulement de loin, ou nous
conduit tout au plus à la porte de notre héri-

tage : *Nihil enim ad perfectum adduxit lex : introductio verò melioris spei, per quam proximamus ad Deum.* La loi de Moyse n'étoit donc que la figure de celle de Jesus Christ ? elle ne pouvoit conduire les hommes à la justice ; mais elle préparoit la voye à une loi plus auguste, moins chargée de cérémonies, & dont la vraie justice devoit être le fruit. Or, je demande au Commentateur si le *merveilleux* se trouve du côté de la figure ou de celui de la réalité ; & si Jesus-Christ, plénitude, fin, terme de la loi, n'a pas concentré en lui toutes les merveilles de l'ancien testament, en lui substituant le nouveau. *Finis enim legis Christus ad justitiam omni credenti.* Le *merveilleux* est donc dans le dernier, & non dans le premier, qui ne faisoit que préparer à la verité par ses ombres & ses figures. Mais peut-être n'est-ce pas-là la pensée de l'écrivain ; & qu'il a voulu dire que ce que l'impie Berruyer appelle les *avantures des Patriarches* prêtoit davantage à l'imagination romanesque du Jésuite ; en ce cas ce n'est plus d'une ignorance dont il est coupable, mais bien d'une impiété grossiere, qui fait horreur :

*Incidit in scyllam cupiens vitare Charibdim.*

Dans l'article de Galilée, pag. 48 du troisiéme volume, je ne m'arrêterai que sur une lourde bévûe du Compilateur, d'autant plus étonnante, qu'elle a déjà été commise par le Pere Bougerel dans *la vie de Gassendi.* Il s'agit de l'ouvrage de Morin contre Gassendi auquel l'Auteur des *Querelles* donne ce tit

ridicule, *Les autels de la terre brisés* : ce qui
ne forme aucun sens. Comment un écrivain
des *Querelles littéraires* ne prend-il pas au
moins la peine de copier exactement le titre
des livres ? D'ailleurs, devoit-il ignorer que
M. de Lavarde, Chanoine de saint Jacques
l'Hôpital, dans sa lettre sur la *vie de Gaf-*
*fendi*, par le Pere Bougerel, corrigea ainsi
la faute de l'Oratorien : *alæ Telluris fractæ*
*in-4°*. C'est une preuve de plus que, dans
les petites comme dans les grandes chofes,
le *Querelleur* est toujours au-deffous de la
matière qu'il traite : trop heureux cependant,
s'il n'eût fait que des fautes de ce
genre, & que la religion & les bonnes
mœurs ne fuffent pas encore plus outragées
dans fa rapfodie, que la littérature & l'érudition. Adieu, je vous embraffe, & fuis
tout à vous, &c.

15 *Février.*

*Errata* de la troifiéme & quatriéme lettres,
p. 25, lig. premiere, lifez, *rivalité* ; p. 36,
lig. 17, lifez *décret de*

# HUITIÈME LETTRE.

## A M. * * *

*Sur l'ouvrage intitulé :* Querelles
Littéraires , &c.

JE ne ferai que glisser légèrement, mon
cher * * *, sur l'article des *idées*, & sur la *difpute* du grand Arnauld avec le père Mallebranche. L'Auteur des *Querelles* n'entend pas
la matière ; &, comme je ne me pique pas
d'en être fort instruit, je ne veux pas courir
le risque de ne relever des bévues que par des
fautes, & de n'opposer à des erreurs & à des
contradictions, que des inexactitudes, qui,
quoique moins dangereuses, seroient toujours
trop éloignées de la vérité, seul terme que je
me propose. Ce que je puis assurer, avec certitude, c'est que cet article est tout-à-fait dé-
fectueux, & que le Compilateur a pillé à l'a-
venture des propositions çà & là, qu'il a cou-
sues ensuite tant bien que mal, sans discerne-
ment, sans liaison & sans aucun plan suivi.

Il commence d'abord par un éloge du grand
Arnauld, que personne ne sera tenté de contester ; &, après avoir reconnu qu'il étoit comparable à *Descartes*, à *Locke*, à *Clarcke*, à
*Cudworth*, à *Mallebranche* pour la métaphysique , il finit par dire qu'il ne craignit point de
*compromettre sa réputation en osant lutter contre
ce dernier.* Vous seriez-vous attendu à une pa-

reille chûte? Eh! pourquoi le grand Arnauld auroit-il eu une crainte aussi chimérique? Et quelle hardiesse y avoit-il en lui de *lutter contre Mallebranche*, puisqu'il lui étoit *comparable pour la métaphysique*, de l'aveu de l'auteur; & que, de l'aveu de tout le monde, il lui étoit supérieur en tout autre genre? Voilà donc une phrase qui ne mène à rien; phrase parasite, tout-à-fait déplacée, & qui ne fait qu'occuper inutilement un terrein que l'on prodigue avec trop peu d'économie. Mallebranche reçoit à son tour, le tribut de louange qu'il mérite, & j'y souscris le grand cœur: mais j'arrête l'écrivain sur ce qu'il dit que *l'écrit dans lequel il a rétracté sa signature du formulaire, est fort suspect*. Il se rend lui-même, non seulement suspect, mais notoirement coupable d'un mensonge grossier; & je suis en état de l'en convaincre. Mallebranche avoit eu le malheur de signer plusieurs fois le formulaire d'Alexandre V I I; mais il eut le courage de faire une rétractation qu'il déposa entre les mains d'Arnauld. Cette pièce, signée à Paris rue du Louvre, le samedi 15 juillet 1673, a tous les caractères d'autenticité que l'on peut souhaiter; & je défie le Compilateur de les infirmer. Croit-il donc qu'une simple allégation de sa part, suffise pour ébranler l'autorité des monumens les plus certains? Le dépositaire, avec lequel Mallebranche eut depuis de violents démélés, ne voulut jamais, par délicatesse, faire usage de cet acte, de crainte de nuire à son adversaire. *Voilà celui*, continue le narrateur, qu'*Arnauld osa provoquer au combat par un autre motif que celui de s'instruire*. Et c'est ainsi

que ce téméraire ofe toujours lui-même fon-
der les cœurs, defcendre dans la confcience,
pénétrer dans les intentions ? Quel étoit donc
cet autre motif? Qui lui a dit que le grand
Arnauld en avoit un différent ? Il eft vrai que
ce génie tranfcendant, fait pour inftruire l'u-
nivers, n'avoit pas befoin de s'inftruire lui-
même; &, fi telle étoit l'idée du querelleur, j'y
applaudirois: mais, comme j'ai tout lieu de me
défier de lui, je foupçonne quelque noirceur
fous ces mots équivoques. Ainfi, je lui réponds
que le grand Arnauld n'avoit d'autre but en
écrivant contre Mallebranche, que d'éclaircir
la vérité à laquelle il croyoit que l'illuftre oratorien donnoit atteinte. Il triompha de lui,
fur tout dans les matières de la grace qui
étoient devenues fon domaine, felon l'expreffion de M. de Fontenelle ; & il mit en
poudre la mauvaife théologie du philofophe,
dans fon excellent ouvrage des réflexions philofophiques & théologiques fur le nouveau fyftême de la nature & de la grace. Ainfi l'amour
feul de la vérité arma cet illuftre docteur contre Mallebranche, comme le même amour
l'avoit armé contre les proteftans & les jéfuites; & je défie le Compilateur de prouver qu'il
ait été animé par un autre motif. Mais fi je difois, de ce dernier, qu'il a compofé & publié
fon livre par un autre motif que celui d'inftruire, ce ne feroit point un jugement téméraire,
puifqu'il feroit fondé fur l'ouvrage même,
uniquement fait pour gâter l'efprit, corrompre le cœur, amufer les libertins & plaire aux
incrédules.

Page 56, le romancier, en parlant de MM.
de Port-Royal, s'exprime ainfi : Ce n'eft pas

qu'ils prétendissent *que toutes les idées sont
créées avant nous* ; & il croit sans doute leur
faire grace en ne leur prêtant pas une absur-
dité. En effet, à moins que d'être fou, a-t-on
jamais pu penser que toutes nos *idées sont
créées avant nous?* C'est une extravagance
qui n'est jamais entrée dans une tête bien or-
ganisée. *Ils croyoient*, ajoute-t-il, *celle* ( l'i-
dée ) *que nous avons d'un Dieu, d'un être infi-
niment parfait, une idée innée. Cette opinion
n'a rien d'absurde* : non sans doute, & il n'y a
rien ici d'absurde, de ridicule & d'impertinent, que la manière dont l'Auteur s'exprime.
Ne diroit-on pas que le sentiment *des idées
innées* a besoin d'indulgence, & qu'il cesse
d'être aujourd'hui, ce qu'il a été, une vérité
appuyée sur la révélation & sur les premiers
principes de la raison ? Oui, mon ami, il y a
dans l'ame des notions qui y devancent l'im-
pression des sens, & tout nous le prouve. *L'i-
dée de l'infini* gravée dans l'esprit de tous les
hommes sans exception ; la *notion d'un être
suprême*, de la *vérité*, qui se trouve dans ceux
même qui semblent n'avoir rien que de brut ;
*certains sentimens* qui s'élèvent inopinément
dans l'ame, *sentimens* conformes à l'ordre, &
néanmoins indépendans de toute instruction.
Ajoutez à ces preuves de raisonnement l'autorité des plus grands hommes de tous les siècles, sur tout de S. Augustin & de S. Thomas,
& vous conclurez que le sentiment des idées
antérieures à toute action des sens, s'accorde
pleinement avec les principes de la saine métaphysique, & qu'il est appuyé du suffrage
des plus célèbres pères de l'église. Le premier
y est formel : *ut breviter æternæ legis quæ im-*

*preſſa nobis eſt, quantùm valco, verbis expri-*
*mam, ea eſt, quâ juſtum eſt ut omnia ſint ordi-*
*natiſſima.* C'eſt ainſi que s'explique S. Auguſtin dans le liv. 1 *de lib. arbitr.*, & il ne s'é-
nonce pas moins clairement dans la *lettre* 187,
qui eſt un des plus beaux morceaux de métaphyſique que nous ayons. Il y traite de la manière dont Dieu eſt préſent partout ; &, conduit par le fil de ſon ſujet, il explique comment Dieu habite dans les enfans baptiſés,
quoiqu'ils l'ignorent : *habitare autem Spiritus*
*Sanctus & in talibus dicitur ; quia in eis occultè*
*agit, ut ſint templum ejus.* La doctrine de S.
Thomas n'eſt ni différente ni moins préciſe.
Selon lui, la loi naturelle eſt gravée dans l'eſprit & dans le cœur de tous les hommes ſans
exception : ſes principes, quant à ce qu'ils
ont de commun & de général, y demeurent
d'une manière ineffaçable : *lex naturæ quan-*
*tùm ad principia communia, eſt eadem apud om-*
*nes, & ſecundùm rectitudinem, & ſecundùm*
*notitiam.* Ce n'eſt pas ici le lieu, mon cher * * *,
de multiplier les autorités ; il vous ſuffit de
ſçavoir que les partiſans des *idées innées* ne
marchent point iſolés, & qu'ils peuvent défier
leurs adverſaires de citer des garants auſſi reſpectables. Je ſçais bien qu'un homme qui eſt
en poſſeſſion d'inſulter tout ce qu'il voit au-
deſſus de lui, ſe moque de S. Auguſtin qu'il
appelle *très peu philoſophe*, & de S. Thomas
dont il qualifie de *ſobriquet* le ſurnom de *doc-*
*teur angélique* ; mais vous ſçavez auſſi de quelle mince conſéquence eſt un écrivain plein de
*témérité & de babil* ; qui ne tranche jamais
plus ſouverainement, que lorſqu'il s'agit de
matières qu'il entend le moins. Ainſi ſon ſuf-

frage doit être compté pour rien, & n'enfle
pas la lifte des partifans du fyftéme contraire
aux *idées innées*. En le confidérant du côté de
la métaphyfique, ce fyftéme ne préfente qu'u-
ne foule de principes inexacts, vicieux, ré-
voltans; l'ame y eft ou matérielle ou un être
inintelligible. Il eft encore plus dangereux
lorfqu'on l'envifage par rapport à la religion
dont il ébranle tous les fondemens. Il déshonore donc tout à la fois & la métaphyfique & la
religion. Il n'y a donc pas à balancer entre
deux opinions dont l'une fe concilie parfaitement avec la foi & la raifon, & l'autre eft
auffi contraire à l'une qu'à l'autre. Non,
mon cher ***, en homme raifonnable & en
chrétien foumis, votre choix eft tout fait, &
vous ferez toujours partifan des *idées innées.*
Que le poëte des *délices* ou des *délir s*, comme il vous plaira l'appeller, défie le monde
entier de lui faire jamais croire qu'il *penfe
toujours*, à la bonne heure; il lui eft permis
dans un certain fens de ne penfer même que
très-rarement, ou point du tout : permis auffi
à lui de fe comparer à fon chien; & fi l'animal eft enragé, la comparaifon n'en aura que
plus de juftefse. Il peut, s'il le veut, calculer
les degrés d'intelligence qui font entre le
chien & lui, pour dégrader l'homme, en l'é-
galant à la bête. Perdra-t-on le temps à répondre à un énergumène toujours agité par
l'efprit malin, ou par fon propre efprit qui ne
vaut pas mieux, & qui, dans l'ivrefse perpé-
tueile d'une imagination pétulante, étourdit
le monde de mille paradoxes tous plus extra-
vagans les uns que les autres? Non, mais
puifqu'il n'eft pas poffible de lui perfuader

aujourd'hui qu'*il pense toujours* ; renvoyons-
le au moment terrible où il court rifque d'en
apprendre, fur la nature de l'ame, plus qu'il
ne voudroit en fçavoir. Au refte, nous ne
prétendons point confondre tous les adverfai-
res des *idées innées* avec l'écrivain que nous
venons de défigner. Ils n'ont pas tous apperçu les conféquences qu'on peut tirer de leur
opinion, contre la fpiritualité de l'ame ; &
plufieurs les ont rejettées d'une manière qui
ne laiffe aucun lieu de douter de leur fincérité.

Le narrateur des *Querelles*, après avoir fait
grace aux idées innées, affirme comme une
certitude que Locke *a créé la Métaphyfique*.
L'affertion eft copiée mot pour mot du *Difcours préliminaire de l'Encyclopédie*, & c'eft
une hyperbole des plus bourfoufflées qui n'a
dû que faire rire. Le Pyrrhonien du lac de
Genève avoit dit auffi que, *plufieurs Philofo-
phes ont fait le Roman de l'ame*, & *qu'enfin il eft
venu un fage qui en a fait l'hiftoire*. Qui ne croi-
roit, après des décifions fi pédantefquement
impérieufes, qu'avant Locke la Métaphyfique n'exiftoit pas, qu'il l'a tirée du chaos,
& que Defcartes, Arnauld, Mallebranche,
Cudworth, n'ont pas feulement ébauché
cette fcience ? Mais, fans parler des autres,
y a-t-il de la bonne-foi à diffimuler que
Mallebranche, plufieurs années avant que
Locke fe fût avifé d'écrire, avoit très bien
démêlé les principales caufes de nos erreurs, qu'il avoit diftingué celles qui viennent des fens, celles que produit l'imagination, celles que nos paffions font naître ?
Pourquoi feindre d'ignorer ce qui eft connu

de tout le monde , que le philofophe Anglois à bien fçu mettre à profit la lecture
de l'ouvrage du François, dont il a tiré de
très-grands fecours, fans s'en vanter, par une
méthode fi familière aux Auteurs d'un certain *Dictionnaire* ? Et on vient nous dire
d'un ton magiftral que Locke *a créé la Métaphyfique !*

Mais, voulez vous fçavoir les raifons de
la préférence que ces Meffieurs donnent à
l'Anglois ? C'eft qu'il a foutenu que nous
ignorons la nature de notre ame , qu'il eft
incertain fi elle penfe toujours , qu'enfin
elle pourroit bien être matérielle , n'y ayant
felon lui , aucune contradiction à dire que
la *matière peut penfer.* Il n'en falloit pas
davantage pour attirer à Locke les éloges
les plus outrés , pour le faire élever fans
façon au-deffus de Defcartes , de Mallebranche , & de tous les Méthaphyficiens , par
nos matéraliftes qui ont un très-vif intérêt
à fe perfuader , & qui voudroient bien perfuader aux autres , que l'ame n'eft ni fpiri-
tuelle ni immortelle par fa nature. Ce qu'il
y a de fingulier , c'eft que le philofophe
Anglois qui a pofé ces principes hardis &
pernicieux , étoit bien éloigné d'en tirer
les horribles conféquences qui en réfultent;
que ce font nos libertins qui les tirent pour
lui , & qui fe couvrent de fon autorité pour
les établir. Locke étoit en effet un philofophe chrétien, très-éloigné du pyrrhonifme
qu'on lui impute, qu'il a folidement réfuté
dans fes écrits, & furtout dans l'*Extrait de
l'effai philofophique,* où il s'attache particulièrement à montrer la parfaite harmonie

qui règne entre la raifon & la foi , & à faire voir que celle-ci ayant fon point d'appui dans celle-là , leurs différens objets ne fçauroient fe contredire. Mais au refte , qu'il foit coupable ou non de ces horribles conféquences, il n'eft que trop vrai que fon ouvrage, dans lequel fe trouve la métaphyfique la plus profonde , eft auffi rempli des principes les plus dangereux , qui ne favorifent que trop l'impiété ; & que fa prétendue *hiftoire de l'ame* n'eft elle-même en plufieurs endroits qu'un roman qui deshonnore à la fin la métaphyfique & la religion. Il a été fçavamment réfuté par le Père Gerdil, Barnabite , profeffeur de Philofophie à Turin, dans un traité in-4o. intitulé l'*Immatérialité de l'ame démontrée contre Locke.* C'eft dans cet ouvrage que l'on apprend à rabattre fur ce point effentiel , de la haute idée que nos efprits Pyrrhoniens voudroient nous donner du talent métaphyfique de l'Anglois.

*Arnauld*, pourfuit le Compilateur , croyoit le *fentiment des idées innées très-fondé , l'opinion que l'on ne voyoit que dans Dieu , lui fembloit ridicule & indécente ; il la réfuta,* &c.

Comme je doute fort que l'auteur s'entende bien ici lui-même , n'étant nullement métaphyficien , je vais démêler le galimathias où il fe perd. M. Arnauld croyoit aux *idées innées* ; Mallebranche les admettoit ou les rejettoit , cela ne fait rien à la queftion ; mais il vouloit que l'on *vît tout en Dieu* : & c'eft ce que le Docteur refufoit d'admettre ; & c'eft ce qu'il réfuta dans fon livre intitulé *des vraies & des fauffes idées*, & tout cela indépendamment des *idées innées* Voilà ce que n'a pas compris le Compilateur qui s'imagine que c'eft en conféquence de fon fentiment, fur ce dernier point, que le Docteur s'éleva contre le philofophe de l'Oratoire.

Croire que nos *idées font innées* & croire que nous voyons tout en Dieu, ne font pas deux chofes fi diamétralement oppofées, que l'on ne puiffe les foutenir l'une & l'autre. C'eft ce qu'a fait l'immortel Bourfier, un des plus grands génies de ce fiècle, & furtout un des plus profonds métaphyficiens, dans fon livre *de la Prémotion phyfique*, chef-d'œuvre de l'efprit humain où l'auteur fe montre Théologien confommé, grand Philofophe, parfait Orateur; il adopte le fyftéme du Père Mallebranche fur la *vue des objets en Dieu*; il l'explique même avec plus d'étendue, furtout avec cette métaphyfique lumineufe & exacte qui règne dans tout fon ouvrage : l'Oratorien fe borne à voir en Dieu tout ce qui eft matière, & il croit que nous ne connoiffons notre ame que par fentiment, & les autres efprits que par conjecture : mais l'auteur de *l'action de Dieu, &c*, femblable à l'aigle dont les yeux perçants découvrent de loin, s'élève plus haut, voit notre ame & tous les efprits dans l'intelligence fouveraine, comme dans un miroir univerfel, qui repréfente tout ce qui exifte. Le grand Bourfier avoit cependant d'abord commencé par établir que Dieu a gravé dans nos ames la connoif-

ſance de lui-même , & que nous ne c .
noiſſons le fini que par l'infini , d'où l'on
doit conclure, dans ſes principes, que l'*idée*
*de Dieu eſt née avec nous* ? Vérité qu'admet
auſſi le P. Mallebranche , & qu'il explique
ſurtout dans la belle préface qui eſt à la tête
de ſes *Eclairciſſemens*. On peut donc admettre le ſyſtéme des *idées innées*, & néanmoins voir tout en Dieu , comme Mallebranche , & l'Auteur des *Querelles* n'a pas
entendu l'état de la queſtion , lorſqu'il fait
de la première opinion la baſe de la diſpute
entre l'Oratorien & le grand Arnauld. Si
vous voulez ſçavoir de quoi il s'agiſſoit entr'eux , le voici en deux mots. Ces deux
métaphyſiciens s'accordoient à dire que
nous ne connoiſſons Dieu qu'entant qu'il ſe
découvre à nous , & les autres êtres , que
parce qu'il nous en donne la connoiſſance ;
mais ils diſputoient ſur la manière dont ſe
faiſoit cette double connoiſſance. Arnauld
ſoutenoit, ce que juſques alors on avoit cru,
que l'idée étoit repréſentative de l'objet ,
& que l'ame voyoit dans ſon idée. Mallebranche ne voulant pas qu'une idée qui eſt
un être fini, repréſentât un être infini, ſoutenoit que l'ame voyoit en Dieu les objets
comme dans un miroir. Or vous concevez
que l'une & l'autre de ces deux manières
d'expliquer la connoiſſance de Dieu & celle
des autres êtres , ſe concilient parfaitement
avec le ſyſtéme des *idées innées* que le Docteur admettoit & que l'Oratorien ne nioit
pas. Le premier entendoit très-parfaitement
ſon adverſaire ; & cet éditeur des *réflexions*
du duc de la R. F. qui avance le contraire ,
ſeroit

feroit fort heureux, d'avoir auffi-bien compris le texte qu'il a affez mal-à-propos com-
menté. Arnauld n'entendre pas Mallebranche? Eh! qui eût pû fe flatter de le comprendre, fi le Docteur ne l'eût entendu?
En tout cas ce feroit bien la faute du philofophe Oratorien. *A peine l'Europe*, dit M.
de Fontenelle, *eût-elle fourni encore deux*
*pareils athlètes.*

La feconde accufation que l'on intente contre cet homme incomparable, n'a pas plus de
fondement; il eut, dans la difpute fur les idées,
toute la modération poffible: s'il fut plus vif
& plus fort, lorfqu'il fut queftion de la grace,
c'eft que l'importance de la matière l'exigeoit: quant à la bonne foi, qui oferoit lui
reprocher d'en avoir manqué, finon un homme qui ne s'en pique pas?

*Quis tulerit Gracchos de feditione querentes?*

Mais voyez fur quoi le Compilateur fonde
fon accufation? fur ce que le docteur oppo-
foit à Mallebranche, que, *puifqu'on voit tout*
*en Dieu*, *on y voit auffi des crapauds*, *des che-*
*nilles & tout ce qu'il y a de plus dégoûtant dans*
*la nature.* Il appelle cela des *plaifanteries*, des
*raifonnemens pitoyables*; & ce font des objec-
tions très-férieufes, où il n'y a de ridicule
que le change que prend ou veut donner notre
cenfeur. En effet, *puifque nous voyons en Dieu*,
difoit M. Arnauld, *comme dans une étendue*
*intelligible*, *infinie*, *toutes les portions de la*
*matière qui fe préfentent à nos yeux*, *donc*,
*quand nous voyons un cheval*, *un homme*, *des*
*oifeaux*, *des crapauds &c.*, *nous voyons un*

D

*ch val intelligille , des hommes intelligibles.;*
*des crapauds intelligibles &c. ;* difficulté très-
grande & très-férieufe que le Compilateur
cût mieux fait de réfoudre , que d'entreprendre d'en plaifanter. Il demande *fi Arnauld eut*
*les rieurs de fon côté ?* non , il n'afpira jamais
à les avoir ; mais, fans les chercher , il eut
& aura des admirateurs qui connoiffent tout
ce qu'il valoit , & qui réfervent les ris pour
ces vils infectes qui ofent s'attaquer à l'oifeau
de Jupiter.

Que fait l'hiftoire du fameux fait de Chartres au fyftême des idées innées ? Il ne prouve rien ni pour ni contre : on l'a démontré ,
& il étoit fort inutile d'employer une page à
rappeller cette vieille objection. Je vous fais
grace , mon ami, des raifons qui enlèvent aux
ennemis des *idées innées* tout l'avantage qu'ils
voudroient tirer de ce fait, & je me contente
de lui en oppofer un autre que rapporte faint
Auguftin, qui montre évidemment qu'il y
a des idées dont les fignes extérieurs, & les
fens par c onféquent, ne font furement point
l'origine. Vous pouvez le lire dans le livre
I, num. 72 , *de peccatorum meritis.* Ainfi voilà hiftoire pour hiftoire , & le Compilateur
me doit encore du retour ; car , dans le fait
ancien, il s'agit d'un homme totalement imbécille, excepté fur l'article de la religion
chrétienne, fur laquelle fa raifon avoit été
développée. D'où il faut conclure qu'il y
avoit en lui des connoiffances réelles , des
liaifons d'idées dont il n'étoit point redeva-
ble au miniftère des fens. Au refte, des faits
de la nature de celui de Chartres, quels
qu'ils foient, ne peuvent jamais donner la

moindre atteinte aux *idées innées :* ils prouvent feulement que le développement des idées primitives & originales, felon l'ordre commun, eft lié à certains moyens extérieurs, dont un des premiers, fans contredit, eft la parole.

L'Auteur conclut fon chapitre par cette affertion. *L'opinion génerale eft aujourd'hui que toutes nos idées viennent des fens ;* & vous, mon ami, après tout ce que je viens de dire, vous conclurez que fi cela eft vrai, l'impiété eft aujourd'hui le vice *général* de notre fiècle, & vous aurez raifon. Le Compilateur demande fi c'eft comme *caufe* ou comme *occafion ;* & il répond modeftement, *comme occafion, fans doute.* Les *matérialiftes voudroient que ce fût comme caufe,* & il n'eft pas trop éloigné de le vouloir lui-même, puifqu'il s'en tient au traité *des fenfations* de l'abbé de Condillac, *qui nous confirme le fentiment de Locke, & ne rapporte qu'à nos fens l'origine de toutes nos connoiffances.* Mais eft-ce comme *caufe* ou comme *occafion ?* C'étoit le lieu de s'expliquer & de ne pas fe rendre fufpect par un filence affecté. Au refte, je lui confeille de lire avec réflexion les ouvrages du fçavant Bouillé, qu'il cite avec une efpèce de dédain ; & pour peu qu'il foit de bonne foi, il fe convaincra que fi *perfonne ne l'a écouté,* ce n'eft ni la faute du fujet, ni celle de l'auteur ; mais qu'il faut s'en prendre à la fureur de la mode, à laquelle quantité d'écrivains, fous l'étendart de la philofophie même, n'ont pas honte de facrifier. Ils ne prennent pas garde, ces écrivains, qu'en fe déclarant pour les *idées originaires des fens,*

ſe établiſſent des principes dont les libertins
tirent des conſéquences affreuſes , que les
premiers déſavouent ſans doute , maïs qui
malheureuſement ne ſont que trop naturelles. *On eſt également revenu des Cartéſiens, &
des Mallebranchiſtes* , pourſuit l'Auteur des
*Querelles*. Oui , Deſcartes a écrit des *rêveries*,
Mallebranche des *illuſions ſublimes ;* il n'eſt
queſtion aujourd'hui que de la *ſageſſe de
Locke* , laquelle dans peu paſſera ſans doute
pour une folie ; & c'eſt ce qu'il y aura de plus
raiſonnable dans tout cela. Comment en effet ſe perſuader qu'on n'ouvrira pas les yeux
ſur un ſyſtême qui ébranle ou met en pièces
tout ce que le chriſtianiſme a de plus reſpectable , & qui , malgré tous les correctifs dont
on le décore , loin de montrer à l'homme la
vraie origine de ſes connoiſſances , en ren-
verſe les fondemens , & en dernière analyſe,
lui apprend à douter de tout. Elevons-nous,
mon ami , au deſſus de ces baſſes idées , &
formons-nous des notions plus dignes de Dieu
& de notre grandeur : ne méconnoiſſons ni
l'excellence de notre ame , ni l'origine de
ſes connoiſſances , qui ne peut être que Dieu
méme , cet océan inépuiſable de toute lumière.

*Je ſuis &c.*

15 mars.

# NEUVIÈME LETTRE.

## A M. * * *.

### Sur l'ouvrage intitulé : *Querelles* *Littéraires.*

J'AVOIS d'abord résolu, mon cher * * *, de laisser aux sçavans Auteurs de l'*Histoire littéraire*, le soin de venger saint Bernard des frivoles & indécentes déclamations du Compilateur des *Querelles*; & il seroit à souhaiter qu'ils voulussent se charger d'une commission dont ils s'acquitteroient au gré du public, & à la plus grande gloire du saint outragé. Mais j'ai réfléchi depuis, que ces célèbres écrivains dédaigneroient peut-être de se compromettre avec un critique d'une espèce aussi mince, que notre *Querelleur* ; & que les armes étant tout au moins égales entre nous, il me convenoit mieux d'entrer en lice avec ce gladiateur, aussi téméraire, que mal habile. Je me détermine donc à confondre encore sur cet article le censeur imprudent, & à lui prouver qu'il ne connoît ni l'état de la question, ni le saint, ni son adversaire ; & que, s'il a quelque légere notion du dernier, il n'a étudié que la partie de ses amours : épisode très-étrangere à une dispute théologique, & que le goût particulier de l'auteur a pu seul lier à une matiere aussi férieuse. Il débute par l'éloge des deux ath-

letes; & j'ajouterai feulement, à celui d'Abaïlard, qu'outre les qualités que le Compilateur
lui donne, il avoit de plus un babil éblouiffant,
une grande hardieffe, l'art de fe vanter à propos, un fonds inépuifable de vaines chicanes,
le talent de faire rire ; toutes qualités propres à furprendre l'eftime & gagner l'amitié
des jeunes gens ; qualités qui faifoient le fond
du mérite d'Abaïlard, & lui attiroient des
milliers de difciples. Dans tous les temps, ces
talens frivoles ont réuffi , & ce fiècle nous en
fournit un exemple frappant dans un homme
qui , avec beaucoup moins de fonds qu'Abaïlard, mais encore plus hardi, plus préfomptueux , plus décifif, plus éblouiffant que lui,
a fçu enchaîner à fon char des milliers d'i-
dolâtres. Il feroit inutile de s'arrêter ici à relever la fupériorité de l'adverfaire d'Abaïlard, & l'affectation du Compilateur à ef-
quiffer légerement les traits de fon tableau .
pour contrafter avec celui du novateur qu'il
furcharge de beaucoup; la réputation de l'abbé
de Clairvaux eft faite depuis long-temps , &
n'a plus rien à craindre des petites attaques
de l'envie, ni des farcafmes de l'impiété.

Animé de l'efprit des anciens Pères de l'E-
gife, il a mérité le titre de *dernier*, par rapport au temps où il a vécu, par la fublimité
de fon génie, la folidité de la doctrine , la
fainteté de fa conduite & la difcrétion de fon
zèle; l'oracle de fon fiècle , il l'eft encore
de celui-ci par le grand nombre de fes ouvrages où brillent un ftyle vif, noble, plein
de force & d'onction , des penfées fublimes ,
une imagination féconde, & qui font auffi
propres à convaincre l'efprit qu'à toucher le

cœur. Ils ont été imprimés plusieurs fois , & le
feront tant que le goût du vrai & du beau fub-
fiftera ; au lieu qu'une feule édition a fait dif-
paroître la gloire d'Abailard , dans les écrits
duquel le public n'a point trouvé cette fubti-
lité & cette force qui le rendirent redoutable
pendant fa vie , & qui , felon l'expreffion de
Naudé , *foudroyoit , terraffoit , par tant de fortes
d'ergoteries & de fyllogifmes , qu'il ne rendoit
pas les gens moins étonnés que confus.* Sans entreprendre donc de difcuter le parallele in-
décent que le *Querelleur* fait de deux hommes
fi différens , je me contente de lui demander
d'où il a tiré les traits qu'il lance avec témérité contre faint Bernard ? Qui lui a appris
que le faint abbé *aimoit la gloire & la célébrité
plus que perfonne ; qu'un homme de fon caractère
n'aime point à voir fa confidération partagée ;
qu'il devint jaloux d'Abailard ?* Je le fomme
de me dire en quel temps commença cette prétendue *jaloufie* entre deux hommes qui ne fe
connoiffoient point , lorfqu'Abailard , après
fa condamnation au Concile de Soiffons vers
l'an 1121 , fe retira au Paraclet où il travailla
plus que jamais à mettre en vogue les nouvelles idées de théologie qui avoient été fou-
droyées à Soiffons ; car , alors l'abbé de Clai-
vaux n'avoit pas la plus legere notion de la
doctrine d'Abailard , qu'il ne connut enfin
que par la dénonciation , que lui en fit Guillaume , abbé de faint Thierry , en 1139 ; c'eft
le faint qui l'attefte lui même dans fon épître
327 , & ce témoignage eft , je crois , préfé-
rable à celui du Compilateur: *Porrò filentii ac
patientiæ fuper his meæ , patientiam habete ,
cum eorum plurima ac pené omnia , huc ufque nef-*

*cirtim.* C'est donc l'abbé de saint **Thierry qui** eſt le véritable promoteur de la condamnation d'Abailard ; & ſaint Bernard qui l'avoit laiſſé durant vingt-cinq ans, brillér dans les écoles, diſputer avec ſes rivaux, ſe débattre avec les moines, inſulter aux évêques & au légat du pape, n'éleva ſa voix, que lorſqu'il ne lui étoit plus permis de ſe taire, & que les *erreurs* d'Abailard cauſoient le plus grand ſcandale. Le *faiſeur de Querelles*, toujours inéxaɛt, pour diminuer les torts de ce dernier & charger ſon adverſaire, ne rapporte qu'un extrait très-infidèle des opinions d'Abailard ; des propoſitions détachées qui n'ont ni liaiſon, ni rapport, & qui laiſſent à conclure, que le ſaint n'a pourſuivi, qu'un phantôme, un être de raiſon. Il eſt au contraire prouvé, que le dialeɛticien a enſeigné un corps de doctrine bien lié, bien ſoutenu, & dont le principe général eſt celui des impies de nos jours ; ſçavoir qu'on ne doit rien croire que par des raiſons naturelles, rien de ce qui eſt audeſſus de l'intelligence humaine : prétention qui eſt incompatible avec la plûpart de nos myſtères, & qui tend à établir qu'il ne faut pas les croire. C'eſt ainſi que jugent des ouvrages d'Abailard tous ceux qui les ont bien étudiés ; & ils conviennent que, ſi le ſcolaſtique ne détruit pas la réalité & la ſubſtance de ces myſtères, c'eſt le théologien le plus inintelligible, le plus grand diſeur de mots, le plus ſuperficiel, & en même-temps le plus plat raiſonneur. C'eſt auſſi ce ſyſtéme affreux que ſain Bernard pourſuivit dans ſon adverſaire ; ſyſtéme qu'avoient apperçu les Pères de Soiſſons, qui condamnerent l'auteur à jetter de
ſes

ſes propres mains ſon ouvrage au feu , & n'e-
xigerent d'autre rétractation de lui , que de
lire publiquement de mot à mot , comme un
enfant , le ſymbole de ſaint Athanaſe , que
ſon héréſie détruiſoit dans les principaux articles. Après cet expoſé , qui oſera condamner la conduite de ſaint Bernard ? En faut-il
davantage pour juſtifier tout ce qu'il a dit de
plus fort contre un homme , qui , par une
obſtination inſurmontable , ne ceſſa point de
demeurer attaché à ſes impiétés , après ſa première condamnation , & ne craignit pas de
les publier de nouveau au bout de vingt ans ?
Si , au lieu de prêter à ſaint Bernard une *envie ſecrette de mortifier le ſeul homme , qui pût
diſputer avec lui d'eſprit & d'érudition* , d'avancer effrontément , que le ſaint étoit d'un *caractère à n'aimer point à voir ſa conſidération partagée* , le Compilateur ſe fût aſſuré par une
lecture attentive des œuvres d'Abailard , que
ce dernier méritoit d'être peint avec les
couleurs qu'employe le ſaint Père ; il ne
ſeroit pas ſoupçonné d'avoir le même intérêt
que tous les impies , à décrier ſaint Bernard ,
les Conciles & les Papes. Ce qu'il y a de ſin-
gulier , ce qui prouve le peu de jugement de
l'écrivain , c'eſt qu'après avoir ſuppoſé dans
l'abbé de Clairvaux les vûes les plus odieu-
ſes , vûes qui ne ſont compatibles ni avec la
religion , ni même avec la probité : Il ajoute ,
*des motifs réſpectables influerent toujours ſur les
démarches de cet homme apoſtolique.* Ne ſont-ce
pas en effet des *motifs bien reſpectables* , que
la *jalouſie* , *l'envie* de nuire , la *vanité* , la *préſomption* ? & celui qui réunit tout cela dans
un ſeul homme , n'eſt-il pas bien conſéquent

E

dans fes principes & dans fes raifonnemens?
Démêlons ce chaos de contradi&ions, & ra-
menons le Compilateur à ce que la vérité en
arrache malgré lui. La *lettre* de faint Bernard
au moine Bénédi&in, qui lui avoit dénoncé
les erreurs d'Abailard, *l'entrevûe* que le faint
voulut avoir avec l'héréfiarque, laquelle, de
l'aveu même de notre écrivain, *fe paſſa très-*
*bien*, *fes procédés* qui lui firent honneur, &
qui n'étoient qu'une fuite de la droiture de
fon cara&ère, les *motifs refpeétables*, *qui in-*
*flu rent toujours fur les démarches de cet homme*
*aƒoƒtolique ;* tout cela prouve-t-il que faint
Bernard fe conduifit de la façon, qui eft ordinaire à la *jaloufie*, à *l'envie fecrette de mor-*
*tifier* fon adverfaire ? Non, certainement : &
ceux qui ofent l'en accufer, affichent la noirceur, ou le peu de fens, ou une ignorance
groffiere contre laquelle dépofent les monumens les plus certains. En effet, un hiftorien,
témoin oculaire des a&ions du faint, nous
apprend que l'abbé de Clairvaux, après
s'être mis au fait de la do&rine d'Abailard
par la *lettre* & *l'écrit* de Guillaume de faint
Thierry, en confera avec cet abbé & plufieurs
autres perfonnes éclairées. Après quoi, comme
fa bonté & fa douceur accoutumées, ne lui
permettoient pas de vouloir caufer de la
confufion à un homme, en voulant corriger
fon erreur, il alla trouver Abailard pour
l'avertir en fecret, & il lui parla avec tant de
modeftie & de raifon qu'Abailard rentrant
en lui-même, promit de réformer dans fes
livres, tout ce que faint Bernard jugeroit ré-
préhenfible. Mais fa vanité, & de mauvais
confeils, l'empêcherent de tenir parole ; il

crut qu'il y alloit de sa gloire, & de l'intérêt
de ses erreurs, d'entrer en lice avec son adversaire, & de l'embarrasser, comme tant d'autres, dans les filets de sa dialectique. Le
saint homme voyant qu'il l'avoit inutilement
averti en secret, réitera ses charitables re-
montrances en présence de quelques témoins ;
*secreto prius, ac deinde duobus aut tribus ad-
hibitis testibus, juxtà evangelicum præceptum,
hominem convenit.* Son zele *ne le mena pas
trop loin* ; il ne se hâta pas de déferer à
l'Eglise le novateur obstiné, il ne dit pas un
mot de lui dans ses discours & ses écrits publics ; & il attendit qu'Abailard eût éclaté le
prémier, en portant ses plaintes à l'Archevêque de Sens. Aussi celui-ci ne se plaignit-
il point que le saint eût parlé jusques alors
publiquement contre lui ; mais seulement
qu'il condamnoit ses livres en secret : *causa-
batur abbatem suis in oculto detrahere libris.*
Jusqu'ici trouve-t-on, dans la marche de saint
Bernard, celle de *la jalousie*, de *l'envie*, du
désir de *la supériorité*, d'un *zèle* fougueux &
imprudent : & le Compilateur qui ne craint
pas de faire naître ces soupçons odieux contre
l'abbé de Clairvaux, n'est-il pas un impos-
teur insigne, un lâche calomniateur, qui puise
dans son propre cœur, des vûes criminelles,
des bassesses & des perfidies qui n'appartien-
nent qu'à lui, & qu'il a l'insolence de prêter
à l'objet de la vénération publique ? Mais
avant que de poursuivre, vous voulez bien,
mon ami, que je m'arrête un moment sur un
reproche fait à S. Bernard depuis longtemps,
reproche que répete avec complaisance, notre *Querelleur*, sans raison, comme sans

néceffité. Si, *faint Bernard*, dit-il, *fut la cauſe de la mort de tant de milliers d'hommes, qui ſe croiſèrent ſur la foi de ſes prophéties, on lui doit auſſi la gloire d'avoir ſauvé la vie à une multitude inombrable de Juifs innocens qu'un moine nommé Reoul vouloit faire exterminer.* Cet ainſi que cet homme de bien, fait malignement honneur à ſaint Bernard d'une action juſte, pour donner du crédit à une calomnie atroce, dont il le charge d'après Bayle, M. de ***. & d'autres organes de cette impoſture. Mais, qui ſera la dupe de l'artifice? Ce ne ſeront pas ceux qui ayant étudié l'hiſtoire dans des ſources moins corrompues, ſçavent que le projet de la croiſade fût formé à l'inſçu & ſans la participation du célèbre abbé, dans la grande aſſemblée que Louis le jeune tint à Bourges. Ce roi ayant déclaré le deſſein qu'il avoit formé d'aller au ſecours des chrétiens de la terre ſainte, Bernard fut le ſeul qui s'y oppoſa avec beaucoup de fermeté; & il ne conſentit à parler d'une affaire de cette importance, qu'après qu'il en eut reçu l'ordre du pape même, par un bref public, qui lui ordonnoit, comme à *la langue de l'Egliſe Romaine*, d'expoſer aux princes & aux peuples, les raiſons qui les obligeoient à ſe croiſer. Il ne voulut point être du voyage; il ne voulut point avoir le commandement général de toute l'armée, quoique ces deux choſes euſſent été réſolues d'un commun conſentement dans l'aſſemblée de Chartres; & il fit approuver ſon refus par le pape. Eſt-ce donc-là être *la cauſe de la mort de tant de milliers de gens?* Laiſſons-les croiſades pour ce qu'elles ſont, l'erreur du tems;

quoiqu'il ne foit pas difficile de démontrer
que celle dont il s'agit , fût approuvée de
Dieu par des miracles inconteftables que fit
l'abbé de Clairvaux , qui parcourut l'Allemagne en thaumaturge , prodiguant fur fa
route les merveilles dont les villes conferve-
rent des monumens authentiques , & dont le
mauvais fuccès de la croifade ne pût éteindre
la mémoire, ni obfcurcir l'éclat. Cependant je
me reftrains à conclure que, puifque S. Bernard
ne fut point l'auteur de la croifade : mais qu'il
eut fimplement ordre de la précher , il ne fut
pas non plus *la caufe de la mort de tant de
milliers de gens qui fe croiferent fur la foi de fes
prophéties* Le faint abbé ne prétendit jamais
prophétifer ; il déclara fimplement qu'il agiffoit dans l'affaire de la croifade, en obéiffant
aux ordres de ceux qui lui tenoient la place
de Dieu fur la terre. Il affura enfuite avec
confiance que Dieu approuvoit ces ordres, &
qu'il avouoit les paroles & les promeffes
que fon ferviteur portoit de fa part aux princes & aux peuples. Il fit même des miracles
pour le prouver : & qu'arriva-t-il ? Les péchés des croifés détournerent l'effet des promeffes , comme les crimes d'Ifraël détournerent l'effet des promeffes que Moyfe lui avoit
faites de la part de Dieu. Mais quel eft en
tout cela le crime de faint Bernard ? Il ne
prophétifa pas plus l'heureux fuccès de la
croifade, que Moyfe n'avoit prophétifé l'entrée des Hébreux , qui avoient paffé avec
lui la mer rouge, dans la terre promife ; ils
ne firent l'un & l'autre qu'annoncer avec confiance une entreprife dont les péchés du peuple
firent évanouir le fuccès. Moyfe obéit à Dieu,

& l'abbé de Clairvaux se soumit à la volonté
du pape, qui lui tenoit la place de Dieu. Aussi
le dernier ne trouva-t-il de contradicteurs que
dans les impies & les incrédules de son siècle ;
& malgré la consternation que répandit en
Allemagne, comme en France, la perte des
deux plus florissantes armées qui ayent passé
d'Europe en Orient pour combattre les infideles, il n'y eut que les calomniateurs du
saint qui le rendirent responsable de cette
perte.

Après cette digression, que votre respect
pour le dernier des pères de l'Eglise vous fera
aisément pardonner, je reviens, mon cher,
à Abailard, qui, guidé par sa vanité, &
poussé par les conseils perfides de ses amis,
osa défier cet abbé, & l'appeller au concile
de Sens pour terminer leur différend, dans
une dispute règlée, par le jugement des
Evêques. Le prélat, pour rabaisser le faste
insultant du novateur, lui accorda sa demande, & avertit l'abbé de Clairvaux de se tenir
prêt à le confondre. Cet abbé refusa d'abord
d'accepter le défi, par modestie, & pour ne
pas commettre la discussion des choses de la
foi, aux sophistiqueries d'un vieux gladiateur d'Aristote, qui avoit ferraillé toute sa
vie dans les écoles. Ce refus rendit Ab. plus
insolent ; & il écrivit de tous côtés des
lettres, dans lesquelles il insultoit à la prétendue foiblesse de S. Bernard, qui, pour
ne pas accroître son audace, & par la crainte d'accréditer l'erreur, se détermina enfin à
aller la foudroyer dans l'assemblée de Sens,
tenue le 2 juin 1140, à laquelle se trouverent
Louis & toute sa cour, & un grand nom-

bre de prélats. Ici , le Compilateur ne peut
se diffimuler que le fuccès ne répondit pas
à la confiance préfomptueufe du dialecti-
cien , qui ne trouva que le tombeau de fa
gloire , dans une affemblée dont il croyoit
en faire le théâtre. Preffé par S. Bern. de
nier fes erreurs , de les rétracter ou de les
défendre , il demeura tout interdit , l'envie
de répondre ou de difputer lui échappa ; &
ce fanfaron , qui avoit publié que fes répon-
fes étoient toutes prêtes , & qu'il attendoit
de pied ferme fon adverfaire au jour marqué , n'ouvrit la bouche que pour interjet-
ter appel au S. fiège. Mais le *Querelleur*,
bien déterminé à ne faire aucun aveu pré-
judiciable à fon héros , prend une autre tournure & prétend qu'Ab. s'apperçut que *les*
*efprits n'étoient pas difpofés en fa faveur, &*
*que fon antagonifte avoit eu foin d'écrire aux*
*pères du concile, & de les gagner.* Et quelle
preuve donne-t-il de cette affertion calomnieufe ? aucune : & il fe contente de la rapporter fur la foi de Berenger, difciple d'Ab.,
qui a l'impudence de repréfenter la féance
où fon maître fut condamné, comme *une*
*vraie bacchanalle* ; fur celle de Bayle , qui a
la malice de faire femblant de l'en croire ;
& fur celle d'un écrivain accoutumé à copier
les impoftures des autres , ou à en imaginer
de nouvelles. Mais , quiconque n'a pas intérêt d'altérer la vérité des faits , examinant
les raifons qu'avoient les prélats de faire les
chofes dans l'ordre, ou du moins de garder
les bienféances de leur miniftère , la préfence
d'un roi & des grands de fa cour, d'un grand
nombre d'abbés , de fçavans religieux , de

maîtres en théologie, d'autres perſonnes diſtinguées, n'aura garde de ſoupçonner que tous ces *eſprits* fuſſent *indiſpoſés* contre Ab. , & *gagnés* par ſon *antagoniſte*. Il croira plu- tôt que les Pères du concile eurent droit de prendre pour un aveu le refus que fit Ab. de s'expliquer ; que tout ſe paſſa en règle dans cette aſſemblée , & que le novateur , qui avoit lui-même réclamé ce tribunal , n'eut aucune raiſon pour le décliner , que le ſoulevement qu'il apperçut qu'avoient fait naître ſes erreurs. Ce fut donc avec juſtice que le concile condamna un accuſé , telle- ment déconcerté par le ſimple récit des pro- poſitions extraites de ſes livres , que, de ſon propre aveu, ſa mémoire s'évanouit, & ſa raiſon s'éclipſa , quelque moyen qu'employât S. Bernard pour le raſſurer , & l'engager dans la diſpute. Cependant, l'aſſemblée de Sens qui étoit en droit de mépriſer un appel fri- vole & illuſoire, ſe contenta de condamner l'erreur, ſans toucher à la perſonne de l'héré- tique, & elle rendit compte de toutes choſes à Innocent II, en le priant de confirmer la condamnation. Si l'on employa la plume de ſaint Bernard pour cela, il n'en faut pas con- clure , comme le fait méchamment le narra- teur, que le ſaint fut en quelque ſorte *juge & partie* ; cette conſéquence eſt le comble de la déraiſon. La ſentence étoit rendue, il n'y avoit donc point de jugement à porter ; il ne s'agiſſoit que d'inſtruire le pape, & pourquoi le concile n'en a-t-il pas pû charger l'abbé de Clairvaux, que ſa ſainteté & l'autorité qu'il s'étoit acquiſe, rendoient ſi reſpectable aux Pères de l'aſſemblée ? Saint Auguſtin ne

fut-il pas dans un cas ſemblable, chargé de
compoſer les lettres ſynodales des conciles de
Carthage & de Mileue, ſelon l'ancienne &
ſage coutume de donner cette commiſſion aux
perſonnes qui paroiſſoient les mieux inſtruites
des matières, que l'on portoit au tribunal des
évêques ? Ce ne fut auſſi que malgré lui que
le ſaint ſe porta pour la *partie* d'Abailard ;
& celui-ci le força à faire le perſonnage d'ac-
cuſateur, pour lui avoir ſeulement donné en
ſecret un avis charitable, après s'être tû pendant vingt-cinq ans, ſur ce qui le regardoit.
Il compoſa donc les lettres que les évêques
envoyerent à ſa ſainteté ; & voilà la véritable
époque où il commença à ſe déclarer contre
Abailard. Quand il eut pénétré dans le *fond*
de ſa mauvaiſe doctrine, & qu'il fut bien convaincu de ſon opiniâtreté, il le traita comme
un héréſiarque obſtiné. Il ne *prit pas le ton de
la haine & de la ſatyre la plus amere, ni le langage de la fureur,* expreſſions employées par le
Compilateur, & qui ne conviennent qu'à ſon
ſtyle ; mais il traita Abailard comme les
ſaints Pères de tous les ſiècles ont traité les
chefs de ſecte, & c'eſt ſe rendre l'apôtre de
toutes les impiétés, que d'y trouver à re-
dire. L'écrivain qui emprunte lui-même le
*ton de la haine & de la fureur* contre ſaint Bernard, eût ſans doute voulu que le ſaint abbé
ſenſible aux *agrémens de la tendre Heloïſe, aux
charmes de ſa figure adorable, & aux malheurs
de ſon amant déſeſperé,* eût ménagé l'amant
en faveur de la maîtreſſe ; mais l'abbé de
Clairvaux n'étoit ſenſible qu'aux intéréts de
la vérité, & peu occupé des folles amours
d'Heloïſe & d'Abailard, il ne ſongea qu'à

vanger la religion des blafphêmes de ce nô-
vateur impudique. Que le prêtre compilateur
gémiffe à fon aife fur le fort de ces deux infen-
fés, qu'il retrace avec plaifir l'image de leur
yvreffe paffée, qu'il rappelle avec complaifance le
fouvenir de ces tranfports dont les deux amans
étoient pénetrés, qu'il s'extafie fur les charmes
de la tendre Heloïfe, ce modele des amantes dé-
fefepérés, & brûlant de plus de feu que jamais ;
on en conclura que le langage de l'amour,
de la tendreffe & de la galanterie, ne lui eft
point étranger ; mais il ne s'enfuivra pas que
Bernard ait dû épargner Abailard, parce que
celui-ci étoit amant malheureux, & qu'Heloïfe étoit le modele des amantes. On s'éton-
nera tout au plus de ce qu'un miniftre de
Jefus-Chrift ofe parler un langage auffi pro-
fane, & de ce qu'à propos d'une difpute théologique, il ne rougit pas de tranfcrire en
profe & en vers, une lettre d'Heloïfe, dans
laquelle cette amante effrénée s'exprime avec
toute la chaleur & l'emportement de l'yvreffe
amoureufe.

Cependant Abailard après fa condamnation
à Sens, toujours plein d'une confiance aveugle, marchoit à pas lents vers le tribunal qu'il
avoit reclamé, & pour diffiper les nuages que
le jugement avoit répandus fur fa doctrine, il
dreffa une confeffion de foi, dans laquelle il fe
défend fur certains reproches, & s'accufe taci-
tement fur d'autres, en fe bornant à profeffer la
doctrine qui leur eft diamétralement oppofée.
Le Compilateur, qui ne cite que cet écrit qu'il
appelle mal-à-propos l'apologie d'Abailard,
avance que la manière dont il s'y exprime,
paroît oppofée aux opinions qu'on l'accufoit

*d'avoir*. Il est vrai que cet écrit est orthodoxe & plein de modération ; mais ce qui prouve que le novateur n'y parle pas sincèrement, c'est qu'il publia depuis son *apologie*, ouvrage perdu, & qui, suivant l'idée que nous en donne Guillaume de saint Thierry, dans la réfutation qu'il en a faite, est aussi répréhensible par le ton d'aigreur & d'insolence, que l'auteur prenoit contre ses adversaires, que par le fonds des choses entiérement contraires à l'analogie de la foi. Arrivé aux portes de Lyon, il apprit l'accueil que Rome avoit fait à son appel, en confirmant la sentence de Sens, en faisant brûler ses livres, & en ordonnant de l'arrèter avec Arnaud de Bresce, pour les enfermer tous les deux dans un monastère. C'est alors que, frappé comme d'un coup de foudre, & ne sçachant que devenir, il se détermina à se jetter entre les bras de Pierre le *vénérable*, qui se chargea d'obtenir son absolution du pape. Mais, comme sa paix avec saint Bernard étoit un préalable nécessaire, Abailard par les conseils de Pierre alla à Clairveaux ; & le saint abbé, qui, sans haïr la personne du novateur, ne s'étoit élevé que contre sa doctrine, lui ayant fait connoître ses erreurs, lui rendit son amitié, dès qu'il le vit sincèrement répentant. Abailard ayant ainsi abjuré ses dogmes impies, passa le reste de ses jours dans un calme égal aux troubles dont ils avoient été agités jusqu'alors. Tous ses momens furent partagés entre la priere, l'étude & des conferences que l'abbé le chargeoit de faire de tems en tems à la communauté. Il mourut dans ces saints exercices en 1142, dans la soixante-troisiéme année de

fon âge. Voilà très-exactement la manière
dont les chofes fe pafferent. Le Compilateur,
toujours guidé par fa haine pour faint Bernard,
& fa paffion pour Abailard, conduit ce dernier à Cluny, avant qu'il eût appris la fentence de Rome, fait entrer Pierre le *vénérable* dans fa fituation & dans fes vûes, repréfente celui-ci comme donnant parole à Abailard que le pape ne *manqueroit pas de lui rendre juftice*, afin de donner à conclure que ce
faint abbé avoit reconnu l'innocence du novateur, la catholicité de fa doctrine, & que les
évêques qui l'avoient condamné, s'étoient
laiffé prévenir par la paffion d'autrui, à laquelle ils n'avoient fait que fervir d'inftru-
ment. Mais ce roman imaginé d'abord par
Pierre Berenger, répété depuis par François
d'Amboife, par Bayle, & qui le fera toujours
aux dépens de la vérité & à la honte du bon
fens, par ces écrivains furieux qui entrepren-
dront follement d'obfcurcir la gloire de faint
Bernard; ce roman, dis-je, eft fuffifamment
démenti par les auteurs du temps, qui conviennent qu'Abailard ne parut à Cluny, qu'après
la nouvelle de la fentence de Rome, & par
le témoignage de Pierre lui-même, qui affure
qu'il avoit exhorté Abaillard à compter fur
la juftice du S. Père, & à efpérer que fa mi-
féricorde lui tendroit la main, quand il feroit
raifonnable, qu'elle le fît : *Juftitiam apoftoli-
cam . . . . fibi non de futuram diximus. Mi-
féricordiam ipfam , ubi ratio poftularet , fibi oc-
curfuram promifimus.* L'abbé de Cîteaux fe joignit à celui de Cluni pour vaincre l'obftina-
tion d'Abailard & l'engager à fe foumettre
au jugement du concile & du pape, en abju-

rant de bonne foi fes erreurs; il fe rendit à l'autorité & aux raifons de ces deux grands hommes, & confentit à effacer de fes livres les propofitions qui avoient été frappées d'ana-thêmes. Ce qu'il exécuta, comme il en étoit convenu : *Ut fi qua catholicas aures offendentia aut fcripfiffet aut dixiffet . . . . à verbis fuis amoveret, & à libris abraderet;* cette foumif-fion lui valut fon abfolution du pape, qui, fur le témoignage de l'abbé de Cluni, rétablit le pénitent dans la communion de l'Eglife. De tout cet expofé, il faut conclure qu'A-bailard, Sabellien, Neftorien, Pélagien fut d'abord juftement condamné au concile de Soiffons, puis à celui de Sens ; que cette affem-blée avoit droit de le juger, puifque lui-même en avoit fait choix pour terminer fon diffé-rend avec faint Bernard ; que ce dernier n'y parut, que parce que fon adverfaire le força d'y affifter, & de changer en accufations pu-bliques, les avis charitables qu'il lui avoit donnés en fecret, que le jugement fut porté, après avoir entendu les deux parties, & après avoir fait un examen réflechi des erreurs dé-noncées ; & que ce jugement confirmé par le pape, auquel Abailard en avoit appellé, ne laiffe aucun doute fur le crime du novateur, & la pureté des intentions de fon antagonifte, à qui fon zèle pour la foi, ne devoit pas per-mettre de laiffer cet efprit orgueilleux con-tinuer à répandre impunément des écrits in-fectés d'erreurs groflieres, fémés de traits hardis, remplis de locutions impropres, di-rigés fuivant une méthode inconnue à toute l'antiquité ; qu'il étoit important au contraire que ces ouvrages demeuraffent éternellement flétris avec le nom de leur auteur, afin d'apprendre aux foibles mortels à ne pas se frayer des routes nouvelles, pour trouver de chimériques dénouemens à des vérités incompréhensibles. Il faut aussi conclure que l'auteur des *Querelles* toujours au-dessous de sa matière, n'a pas entendu celle-ci ; que sans entrer dans le fond de la question, il n'a fait que répéter les déclamations des ennemis de saint Bernard, & les louanges immoderées, que font d'Abailard, Berenger son disciple, & après lui François d'Amboise, Bayle, dom Gervaise, M. de V. qui n'affectent de le relever, que pour rabaisser l'abbé de Clairvaux. Mais, sans nous étendre hors de propos sur la disproportion énorme que la postérité éclairée a mis entre ces deux hommes, nous nous contentons d'assurer, qu'en faisant passer par le creuset de la critique, les éloges emphatiques que les impies de tous les temps, ont fait d'Abeilard ; il en résulte qu'il n'étoit qu'un foible grammairien, un poëte médiocre, un mauvais orateur, un sophiste orgueilleux, un pitoyable raisonneur, un sçavant très-superficiel, & un théologien hétérodoxe. Que l'on présente ses ouvrages à côté de ceux de son adversaire, & que l'on juge si la gloire de saint Bernard a jamais dû être balancée par celle d'Abailard ; si celui-ci a pû être *l'objet de sa jalousie, s'il a pû lui faire ombrage;* s'il a pû disputer avec lui *d'esprit & d'érudit on,* toutes assertions fausses, quoique avancées du ton le plus décisif, & que le compilateur n'a fait que tirer de l'obscurité où elles étoient, pour les y replonger encore mieux ? Au reste l'honneur de saint Bernard, peut-il souffrir de ces imputations odieufes, auprès des perfonnes équitables, & qui ont du difcernement ? Non, & même parmi les libertins, il n'y aura que les ignorans & les gens incapables de raifonner, qui daigneront y applaudir. Laiffons donc l'écrivain des *Querelles*, jouir tranquillement de ces petits fuffrages; il n'a écrit que pour les mériter, & il peut fe flatter du fuccès. Pour nous, mon ami, ne ceffons d'admirer cette grande lumiere de l'églife Gallicane, cet homme miraculeux, dé_ofitaire de toutes les merveilles de Dieu, le fleau de toutes les erreurs de fon temps, le réformateur des mœurs, qui a étonné les peuples par fes prodiges, les a fanctifiés par la pureté de fa vie, & qui éclairera tous les fiecles par ce grand nombre d'ouvrages lumineux dont il a enrichi l'églife & les lettres. Je fuis, &c.

20 *Mars.*

www.ingramcontent.com/pod-product-compliance
Lightning Source LLC
Chambersburg PA
CBHW060807250626
47162CB00005B/1694

# UN HIVERNAGE
# DANS LES GLACES

PAR

## JULES VERNE

ILLUSTRATIONS PAR ADRIEN MARIE

PETITE BIBLIOTHÈQUE BLANCHE

## ÉDUCATION ET RÉCRÉATION
J. HETZEL ET Cie, 18, RUE JACOB
PARIS

# UN HIVERNAGE

# DANS LES GLACES

Typographie Firmin-Didot. — Mesnil (Eure).

# UN HIVERNAGE

## DANS LES GLACES

PAR

### JULES VERNE

ILLUSTRATIONS PAR ADRIEN MARIE

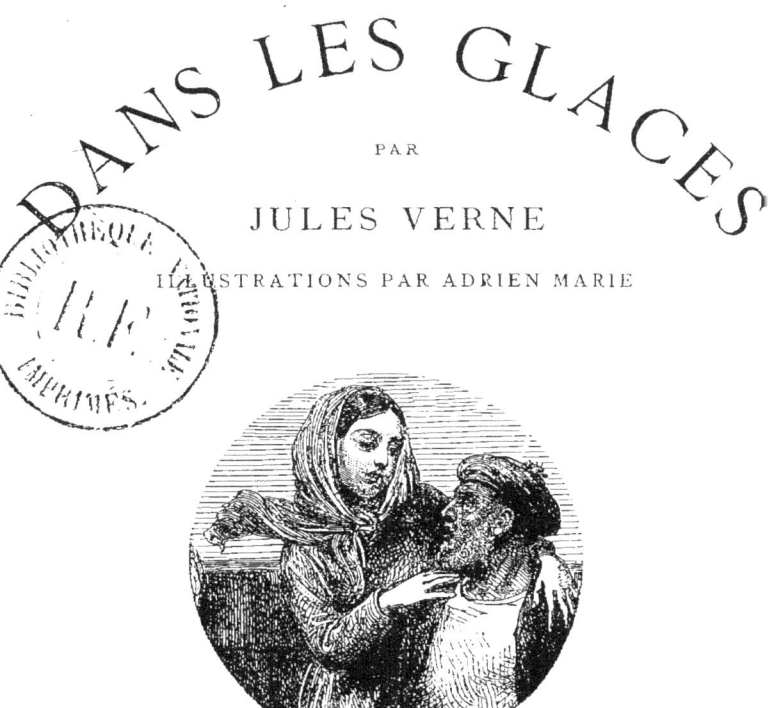

## BIBLIOTHÈQUE BLANCHE

———

## ÉDUCATION ET RÉCRÉATION

J. HETZEL ET CIE, 18, RUE JACOB

PARIS

# UN HIVERNAGE

# DANS LES GLACES

---

## I

Le curé de la vieille église de Dunkerque se réveilla à cinq heures, le 12 mai 18.., pour dire, suivant son habitude, la première basse messe à laquelle assistaient quelques pieux pêcheurs.

Vêtu de ses habits sacerdotaux, il allait se rendre à l'autel, quand un homme entra dans la sacristie, joyeux et effaré à la fois. C'était un marin d'une soixantaine d'années, mais encore vigoureux et solide, avec une bonne et honnête figure.

« Monsieur le curé, s'écria-t-il, halte là! s'il vous plaît.

— Qu'est-ce qui vous prend donc si matin, Jean Cornbutte? répliqua le curé.

2

« HALTE LA, S'IL VOUS PLAIT! »

— Ce qui me prend?... Une fameuse envie de vous sauter au cou, tout de même!

— Eh bien, après la messe, à laquelle vous allez assister...

— La messe! répondit en riant le vieux marin. Vous croyez que vous allez dire votre messe maintenant, et que je vous laisserai faire?

— Et pourquoi ne dirais-je pas ma messe? demanda le curé. Expliquez-vous! Le troisième son a tinté...

— Qu'il ait tinté ou non, répliqua Jean Cornbutte, il en tintera bien d'autres aujourd'hui, monsieur le curé, car vous m'avez promis de bénir de vos propres mains le mariage de mon fils Louis et de ma nièce Marie!

— Il est donc arrivé? s'écria joyeusement le curé.

— Il ne s'en faut guère, reprit Cornbutte en se frottant les mains. La vigie nous a signalé, au lever du soleil, notre brick, que vous avez baptisé vous-même du beau nom de *la Jeune-Hardie!*

— Je vous en félicite du fond du cœur, mon vieux Cornbutte, dit le curé en se dépouillant de la chasuble et de l'étole. Je connais nos conventions. Le vicaire va me remplacer, et je me tiendrai à votre disposition pour l'arrivée de votre cher fils.

— Et je vous promets qu'il ne vous fera pas jeûner trop longtemps! répondit le marin. Les bans ont déjà été publiés par vous-même, et vous n'aurez plus qu'à l'absoudre des péchés qu'on peut commettre entre le ciel et l'eau, dans les mers du Nord. Une fameuse idée que j'ai eue là, de vouloir que la noce se fît le jour même de l'arrivée, et que mon fils Louis ne quittât son brick que pour se rendre à l'église !

— Allez donc tout disposer, Cornbutte.

— J'y cours, monsieur le curé. A bientôt ! »

Le marin revint à grands pas à sa maison, située sur le quai du port marchand, et d'où l'on apercevait la mer du Nord, ce dont il se montrait si fier.

Jean Cornbutte avait amassé quelque bien dans son état. Après avoir longtemps commandé les navires d'un riche armateur du Havre, il se fixa dans sa ville natale, où il fit construire, pour son propre compte, le brick *la Jeune-Hardie*. Plusieurs voyages dans le Nord réussirent, et le navire trouva toujours à vendre à bon prix ses chargements de bois, de fer et de goudron. Jean Cornbutte en céda alors le commandement à son fils Louis, brave marin de trente ans, qui, au dire de tous les capitaines caboteurs, était bien le plus vaillant matelot de Dunkerque.

Louis Cornbutte était parti, ayant un grand attachement pour Marie, la nièce de son père, qui trouvait bien longs les jours de l'absence. Marie avait vingt ans à peine. C'était une belle Flamande, avec quelques gouttes de sang hollandais dans les veines. Sa mère l'avait confiée, en mourant, à son frère Jean Cornbutte. Aussi, ce brave marin l'aimait comme sa propre fille, et voyait dans l'union projetée une source de vrai et durable bonheur.

L'arrivée du brick, signalé au large des passes, terminait une importante opération commerciale dont Jean Cornbutte attendait gros profit. *La Jeune-Hardie,* partie depuis trois mois, revenait en dernier lieu de Bodoë, sur la côte occidentale de la Norwége, et elle avait opéré rapidement son voyage.

En rentrant au logis, Jean Cornbutte trouva toute la maison sur pied. Marie, le front radieux, revêtait ses habillements de mariée.

« Pourvu que le brick n'arrive pas avant nous! disait-elle.

— Hâte-toi, petite, répondit Jean Cornbutte, car les vents viennent du nord, et *la Jeune-Hardie* file bien, quand elle file grand largue!

— Nos amis sont-ils prévenus, mon oncle? demanda Marie.

— Ils sont prévenus!

— Et le notaire, et le curé?

— Sois tranquille! Il n'y aura que toi à nous faire attendre! »

En ce moment entra le compère Clerbaut.

« Eh bien! mon vieux Cornbutte, s'écria-t-il, voilà de

3

la chance! Ton navire arrive précisément à l'époque où le gouvernement vient de mettre en adjudication de grandes fournitures de bois pour la marine.

— Qu'est-ce que ça me fait? répondit Jean Cornbutte. Il s'agit bien du gouvernement!

— Sans doute, monsieur Clerbaut, dit Marie, il n'y a qu'une chose qui nous occupe : c'est le retour de Louis.

— Je ne disconviens pas que... répondit le compère. Mais enfin ces fournitures...

— Et vous serez de la noce, répliqua Jean Cornbutte, qui interrompit le négociant et lui serra la main de façon à la briser.

— Ces fournitures de bois...

— Et avec tous nos amis de terre et nos amis de mer, Clerbaut. J'ai déjà prévenu mon monde, et j'inviterai tout l'équipage du brick!

— Et nous irons l'attendre sur l'estacade? demanda Marie.

— Je le crois bien, répondit Jean Cornbutte. Nous défilerons tous deux par deux, violons en tête! »

Les invités de Jean Cornbutte arrivèrent sans tarder. Bien qu'il fût de grand matin, pas un ne manqua à l'appel. Tous félicitèrent à l'envi le brave marin, qu'ils aimaient. Pendant ce temps, Marie, agenouillée, transformait devant Dieu ses prières en remercîments. Elle rentra bientôt,

belle et parée, dans la salle commune, et elle eut la joue
embrassée par toutes les commères, la main vigoureuse-
ment serrée par tous les hommes ; puis, Jean Cornbutte
donna le signal du départ.

Ce fut un spectacle curieux de voir cette joyeuse troupe
prendre le chemin de la mer au lever du soleil. La nouvelle
de l'arrivée du brick avait circulé dans le port, et bien des
têtes en bonnets de nuit apparurent aux fenêtres et aux
portes entre-bâillées. De chaque côté arrivait un honnête
compliment ou un salut flatteur.

La noce atteignit l'estacade au milieu d'un concert de
louanges et de bénédictions. Le temps s'était fait magnifique, et le soleil semblait se mettre de la partie. Un joli
vent du nord faisait écumer les lames, et quelques cha-
loupes de pêcheurs, orientées au plus près pour sortir du
port, rayaient la mer de leur rapide sillage entre les esta-
cades.

Les deux jetées de Dunkerque qui prolongent le quai
du port s'avancent loin dans la mer. Les gens de la noce
occupaient toute la largeur de la jetée du nord, et ils attei-
gnirent bientôt une petite maisonnette située à son extrémité, où veillait le maître du port.

Le brick de Jean Cornbutte était devenu de plus en plus
visible. Le vent fraîchissait, et *la Jeune-Hardie* courait
grand largue sous ses huniers, sa misaine, sa brigantine,

ses perroquets et ses cacatois. La joie devait évidemment régner à bord comme à terre. Jean Cornbutte, une longue-vue à la main, répondait gaillardement aux questions de ses amis.

« Voilà bien mon beau brick! s'écriait-il, propre et rangé comme s'il appareillait de Dunkerque! Pas une avarie! Pas un cordage de moins!

— Voyez-vous votre fils le capitaine? lui demandait-on.

— Non, pas encore. Ah! c'est qu'il est à son affaire!

— Pourquoi ne hisse-t-il pas son pavillon? demanda Clerbaut.

— Je ne sais guère, mon vieil ami, mais il a une raison sans doute.

— Votre longue-vue, mon oncle, dit Marie en lui arrachant l'instrument des mains, je veux être la première à l'apercevoir!

— Mais c'est mon fils, mademoiselle!

— Voilà trente ans qu'il est votre fils, répondit en riant la jeune fille, et il n'y a que deux ans qu'il est mon fiancé! »

La Jeune-Hardie était entièrement visible. Déjà l'équipage faisait ses préparatifs de mouillage. Les voiles hautes avaient été carguées. On pouvait reconnaître les matelots qui s'élançaient dans les agrès. Mais ni Marie, ni Jean

Cornbutte n'avaient encore pu saluer de la main le capitaine du brick.

« Ma foi, voici le second, André Vasling ! s'écria Clerbaut.

— Voici Fidèle Misonne, le charpentier, répondit un des assistants.

— Et notre ami Penellan ! » dit un autre, en faisant un signe au marin ainsi nommé.

*La Jeune-Hardie* ne se trouvait plus qu'à trois encâblures du port, lorsqu'un pavillon noir monta à la corne de brigantine... Il y avait deuil à bord !

Un sentiment de terreur courut dans tous les esprits et dans le cœur de la jeune fiancée.

Le brick arrivait tristement au port, et un silence glacial régnait sur son pont. Bientôt il eut dépassé l'extrémité de l'estacade.

Marie, Jean Cornbutte et tous les amis se précipitèrent vers le quai qu'il allait accoster, et, en un instant, ils se trouvèrent à bord.

« Mon fils ! » dit Jean Cornbutte, qui ne put articuler que ces mots.

Les marins du brick, la tête découverte, lui montrèrent le pavillon de deuil.

Marie poussa un cri de détresse et tomba dans les bras du vieux Cornbutte.

4

André Vasling avait ramené *la Jeune-Hardie;* mais Louis Cornbutte, le fiancé de Marie, n'était plus à son bord.


## II


### LE PROJET DE JEAN CORNBUTTE


Dès que la jeune fille, confiée aux soins de charitables amis, eut quitté le brick, le second, André Vasling, apprit à Jean Cornbutte l'affreux événement qui le privait de revoir son fils, et que le journal du bord rapportait en ces termes :

« A la hauteur du Maëlstrom, 26 avril, le navire, s'étant mis à la cape par un gros temps et des vents de sud-ouest, aperçut des signaux de détresse que lui faisait une goëlette sous le vent. Cette goëlette, démâtée de son mât de misaine, courait vers le gouffre, à sec de toiles. Le capitaine Louis Cornbutte, voyant ce navire marcher à une perte imminente, résolut d'aller à bord. Malgré les représentations de son équipage, il fit mettre la chaloupe à la mer, y descendit avec le matelot Cortrois et Pierre Nouquet le timonier. L'équipage les suivit des yeux, jusqu'au moment où ils disparurent au milieu de la brume. La nuit arriva.

ANDRÉ VASLING APPRIT A JEAN CORNBUTTE L'AFFREUX ÉVÉNEMENT.

La mer devint de plus en plus mauvaise. *La Jeune-Hardie*, attirée par les courants qui avoisinent ces parages, risquait d'aller s'engloutir dans le Maëlstrom. Elle fut obligée de fuir vent arrière. En vain croisa-t-elle pendant quelques jours sur le lieu du sinistre ; la chaloupe du brick, la goëlette, le capitaine Louis et les deux matelots ne reparurent pas. André Vasling assembla alors l'équipage, prit le commandement du navire et fit voile vers Dunkerque. »

Jean Cornbutte, après avoir lu ce récit, sec comme un simple fait de bord, pleura longtemps, et s'il eut quelque consolation, elle vint de cette pensée que son fils était mort en voulant secourir ses semblables. Puis, le pauvre père quitta ce brick, dont la vue lui faisait mal, et il rentra dans sa maison désolée.

Cette triste nouvelle se répandit aussitôt dans tout Dunkerque. Les nombreux amis du vieux marin vinrent lui apporter leurs vives et sincères condoléances. Puis, les matelots de *la Jeune-Hardie* donnèrent les détails les plus complets sur cet événement, et André Vasling dut raconter à Marie, dans tous ses détails, le dévouement de son fiancé.

Jean Cornbutte réfléchit, après avoir pleuré, et le lendemain même du mouillage, voyant entrer André Vasling chez lui, il lui dit :

« Êtes-vous bien sûr, André, que mon fils ait péri ?

— Hélas ! oui, monsieur Jean ! répondit André Vasling.

— Et avez-vous bien fait toutes les recherches voulues pour le retrouver ?

— Toutes, sans contredit, monsieur Cornbutte ! Mais il n'est malheureusement que trop certain que ses deux matelots et lui ont été engloutis dans le gouffre du Maëlstrom.

— Vous plairait-il, André, de garder le commandement en second du navire ?

— Cela dépendra du capitaine, monsieur Cornbutte.

— Le capitaine, ce sera moi, André, répondit le vieux marin. Je vais rapidement décharger mon navire, composer mon équipage et courir à la recherche de mon fils !

— Votre fils est mort ! répondit André Vasling en insistant.

— C'est possible, André, répliqua vivement Jean Cornbutte ; mais il est possible aussi qu'il se soit sauvé. Je veux fouiller tous les ports de la Norwége, où il a pu être poussé, et, quand j'aurai la certitude de ne plus jamais le revoir, alors, seulement, je reviendrai mourir ici ! »

André Vasling, comprenant que cette décision était inébranlable, n'insista plus et se retira.

Jean Cornbutte instruisit aussitôt sa nièce de son projet, et il vit briller quelques lueurs d'espérance à travers ses larmes. Il n'était pas encore venu à l'esprit de la jeune fille que la mort de son fiancé pût être problématique ;

5

mais à peine ce nouvel espoir fut-il jeté dans son cœur, qu'elle s'y abandonna sans réserve.

Le vieux marin décida que *la Jeune-Hardie* reprendrait aussitôt la mer. Ce brick, solidement construit, n'avait aucune avarie à réparer. Jean Cornbutte fit publier que s'il plaisait à ses matelots de s'y embarquer, rien ne serait changé à la composition de l'équipage. Il remplacerait seulement son fils dans le commandement du navire.

Pas un des compagnons de Louis Cornbutte ne manqua à l'appel, et il y avait là de hardis marins : Alain Turquiette, le charpentier Fidèle Misonne, le Breton Penellan, qui remplaçait Pierre Nouquet comme timonier de *la Jeune-Hardie*, et puis Gradlin, Aupic, Gervique, matelots courageux et éprouvés.

Jean Cornbutte proposa de nouveau à André Vasling de reprendre son rang à bord. Le second du brick était un manœuvrier habile, qui avait fait ses preuves en ramenant *la Jeune-Hardie* à bon port. Cependant, on ne sait pour quel motif, André Vasling fit quelques difficultés et demanda à réfléchir.

« Comme vous voudrez, André Vasling, répondit Cornbutte. Souvenez-vous seulement que, si vous acceptez, vous serez le bienvenu parmi nous. »

Jean Cornbutte avait un homme dévoué dans le Breton Penellan, qui fut longtemps son compagnon de voyage. La

petite Marie passait autrefois les longues soirées d'hiver
dans les bras du timonier, pendant que celui-ci demeurait
à terre. Aussi avait-il conservé pour elle une amitié de père,
que la jeune fille lui rendait en amour filial. Penellan
pressa de tout son pouvoir l'armement du brick, d'autant
plus que, selon lui, André Vasling n'avait peut-être pas
fait toutes les recherches possibles pour retrouver les naufragés, bien qu'il fût excusé par la responsabilité qui pe-
sait sur lui comme capitaine.

Huit jours ne s'étaient pas écoulés que *la Jeune-Hardie*
se trouvait prête à reprendre la mer. Au lieu de marchan-
dises, elle fut complétement approvisionnée de viandes
salées, de biscuits, de barils de farine, de pommes de terre,
de porc, de vin, d'eau-de-vie, de café, de thé, de tabac.

Le départ fut fixé au 22 mai. La veille au soir, André
Vasling, qui n'avait pas encore rendu réponse à Jean Cornbutte, se rendit à son logis. Il était encore indécis et ne
savait quel parti prendre.

Jean Cornbutte n'était pas chez lui, bien que la porte
de sa maison fût ouverte. André Vasling pénétra dans la
salle commune, attenante à la chambre de la jeune fille,
et, là, le bruit d'une conversation animée frappa son oreille.
Il écouta attentivement et reconnut les voix de Penellan et
de Marie.

Sans doute la discussion se prolongeait déjà depuis quelque temps, car la jeune fille semblait opposer une inébranlable fermeté aux observations du marin breton.

« Quel âge a mon oncle Cornbutte? disait Marie.

— Quelque chose comme soixante ans, répondait Penellan.

— Eh bien! ne va-t-il pas affronter des dangers pour retrouver son fils?

— Notre capitaine est un homme solide encore, répliquait le marin. Il a un corps de bois de chêne et des muscles durs comme une barre de rechange! Aussi, je ne suis point effrayé de lui voir reprendre la mer!

— Mon bon Penellan, reprit Marie, on est forte quand on aime! D'ailleurs, j'ai pleine confiance dans l'appui du Ciel. Vous me comprenez et vous me viendrez en aide!

— Non! disait Penellan. C'est impossible, Marie! Qui sait où nous dériverons, et quels maux il nous faudra souffrir! Combien ai-je vu d'hommes vigoureux laisser leur vie dans ces mers!

— Penellan, reprit la jeune fille, il n'en sera ni plus ni moins, et si vous me refusez, je croirai que vous ne m'aimez plus! »

André Vasling avait compris la résolution de la jeune fille. Il réfléchit un instant, et son parti fut pris.

« Jean Cornbutte, dit-il, en s'avançant vers le vieux marin qui entrait, je suis des vôtres. Les causes qui m'empêchaient d'embarquer ont disparu, et vous pouvez compter sur mon dévouement.

— Je n'avais jamais douté de vous, André Vasling, répondit Jean Cornbutte en lui prenant la main. Marie! mon enfant! » dit-il à voix haute.

Marie et Penellan parurent aussitôt.

« Nous appareillerons demain au point du jour avec la marée tombante, dit le vieux marin. Ma pauvre Marie, voici la dernière soirée que nous passerons ensemble!

— Mon oncle! s'écria Marie en tombant dans les bras de Jean Cornbutte.

— Marie! Dieu aidant, je te ramènerai ton fiancé!

— Oui, nous retrouverons Louis! ajouta André Vasling.

— Vous êtes donc des nôtres? demanda vivement Penellan.

— Oui, Penellan, André Vasling sera mon second, répondit Jean Cornbutte.

— Oh! oh! fit le Breton d'un air singulier.

— Et ses conseils nous seront utiles, car il est habile et entreprenant.

— Mais vous-même, capitaine, répondit André Vasling, vous nous en remontrerez à tous, car il y a encore en vous autant de vigueur que de savoir.

— Eh bien, mes amis, à demain. Rendez-vous à bord

6

et prenez les dernières dispositions. Au revoir, André ! au revoir, Penellan ! »

Le second et le matelot sortirent ensemble. Jean Cornbutte et Marie demeurèrent en présence l'un de l'autre. Bien des larmes furent répandues pendant cette triste soirée. Jean Cornbutte, voyant Marie si désolée, résolut de brusquer la séparation en quittant le lendemain la maison sans la prévenir. Aussi, ce soir-là même, lui donna-t-il son dernier baiser, et à trois heures du matin il fut sur pied.

Ce départ avait attiré sur l'estacade tous les amis du vieux marin. Le curé, qui devait bénir l'union de Marie et de Louis, vint donner une dernière bénédiction au navire. De rudes poignées de main furent silencieusement échangées, et Jean Cornbutte monta à bord.

L'équipage était au complet. André Vasling donna les derniers ordres. Les voiles furent larguées, et le brick s'éloigna rapidement par une bonne brise de nord-ouest, tandis que le curé, debout au milieu des spectateurs agenouillés, remettait ce navire entre les mains de Dieu.

Où va ce navire ? Il suit la route périlleuse sur laquelle se sont perdus tant de naufragés ! Il n'a pas de destination certaine ! Il doit s'attendre à tous les périls et savoir les braver sans hésitation ! Dieu seul sait où il lui sera donné d'aborder ! Dieu le conduise !

## III

### LUEUR D'ESPOIR

A cette époque de l'année, la saison était favorable, et l'équipage put espérer arriver promptement sur le lieu du naufrage.

Le plan de Jean Cornbutte se trouvait naturellement tracé. Il comptait relâcher aux îles Feroë, où le vent du nord pouvait avoir porté les naufragés ; puis, s'il acquérait la certitude qu'ils n'avaient été recueillis dans aucun port de ces parages, il devait porter ses recherches au delà de la mer du Nord, fouiller toute la côte occidentale de la Norwége, jusqu'à Bodoë, le lieu le plus rapproché du naufrage, et au delà, s'il le fallait.

André Vasling pensait, contrairement à l'avis du capitaine, que les côtes de l'Islande devaient plutôt être explorées ; mais Penellan fit observer que, lors de la catastrophe, la bourrasque venait de l'ouest, ce qui, tout en donnant l'espoir que les malheureux n'avaient pas été entraînés vers le gouffre du Maëlstrom, permettait de supposer qu'ils s'étaient jetés à la côte de Norwége.

Il fut donc résolu que l'on suivrait ce littoral d'aussi près que possible, afin de reconnaître quelques traces de leur passage.

Le lendemain du départ, Jean Cornbutte, la tête penchée sur une carte, était abîmé dans ses réflexions, quand une petite main s'appuya sur son épaule, et une douce voix lui dit à l'oreille :

« Ayez bon courage, mon oncle! »

Il se retourna et demeura stupéfait. Marie l'entourait de ses bras.

« Marie! ma fille à bord! s'écria-t-il.

— La femme peut bien aller chercher son mari, quand le père s'embarque pour sauver son enfant!

— Malheureuse Marie! Comment supporteras-tu nos fatigues? Sais-tu bien que ta présence peut nuire à nos recherches?

— Non, mon oncle, car je suis forte!

— Qui sait où nous serons entraînés, Marie! Vois cette carte! Nous approchons de ces parages si dangereux, même pour nous autres marins endurcis à toutes les fatigues de la mer! Et toi, faible enfant!

— Mais, mon oncle, je suis d'une famille de marins! Je suis faite aux récits de combats et de tempêtes! Je suis près de vous et de mon vieil ami Penellan!

— Penellan! C'est lui qui t'a cachée à bord!

— Oui, mon oncle, mais seulement quand il a vu que j'étais décidée à le faire sans son aide.

— Penellan! cria Jean Cornbutte.

« AYEZ BON COURAGE, MON ONCLE! »

7

Penellan entra.

« Penellan, il n'y a pas à revenir sur ce qui est fait ; mais souviens-toi que tu es responsable de l'existence de Marie !

— Soyez tranquille, capitaine, répondit Penellan. La petite a force et courage, et elle nous servira d'ange gardien. Et puis, capitaine, vous connaissez mon idée : tout est pour le mieux dans ce monde. »

La jeune fille fut installée dans une cabine, que les matelots disposèrent pour elle en peu d'instants et qu'ils rendirent aussi confortable que possible.

Huit jours plus tard, *la Jeune-Hardie* relâchait aux Feroë ; mais les plus minutieuses explorations demeurèrent sans fruit. Aucun naufragé, aucun débris de navire n'avait été recueilli sur les côtes. La nouvelle même de l'événement y était entièrement inconnue. Le brick reprit donc son voyage, après dix jours de relâche, vers le 10 juin. L'état de la mer était bon, les vents fermes. Le navire fut rapidement poussé vers les côtes de Norwége, qu'il explora sans plus de résultat.

Jean Cornbutte résolut de se rendre à Bodoë. Peut-être apprendrait-il là le nom du navire naufragé, au secours duquel s'étaient précipités Louis Cornbutte et ses deux matelots.

Le 30 juin, le brick jetait l'ancre dans ce port.

Là, les autorités remirent à Jean Cornbutte une bou-
teille trouvée à la côte et qui renfermait un document ainsi
conçu :

« Ce 26 avril, à bord du *Froöern*, après avoir été accos-
tés par la chaloupe de *la Jeune-Hardie*, nous sommes entraînés par les courants vers les glaces! Dieu ait pitié de
nous! »

Le premier mouvement de Jean Cornbutte fut de remercier le Ciel. Il se croyait sur les traces de son fils! Ce
*Froöern* était une goëlette norwégienne dont on n'avait
plus de nouvelles, mais qui avait été évidemment entraî-
née dans le Nord.

Il n'y avait pas à perdre un jour. *La Jeune-Hardie* fut
aussitôt mise en état d'affronter les périls des mers polaires. Fidèle Misonne, le charpentier, la visita scrupuleu-
sement et s'assura que sa construction solide pourrait résister au choc des glaçons.

Par les soins de Penellan, qui avait déjà fait la pêche
de la baleine dans les mers arctiques, des couvertures de
laine, des vêtements fourrés, de nombreux mocassins en
peau de phoque et le bois nécessaire à la fabrication de
traîneaux destinés à courir sur les plaines de glace, furent
embarqués à bord. On augmenta, sur une grande proportion, les approvisionnements d'esprit-de-vin et de charbon
de terre, car il était possible que l'on fût forcé d'hiverner

sur quelque point de la côte groënlandaise. On se procura également, à grand prix et à grand'peine, une certaine quantité de citrons, destinés à prévenir ou guérir le scorbut, cette terrible maladie qui décime les équipages dans les régions glacées. Toutes les provisions de viandes salées, de biscuits, d'eau-de-vie, augmentées dans une prudente mesure, commencèrent à emplir une partie de la cale du brick, car la cambuse n'y pouvait plus suffire. On se munit également d'une grande quantité de pemmican, préparation indienne qui concentre beaucoup d'éléments nutritifs sous un petit volume.

D'après les ordres de Jean Cornbutte, on embarqua à bord de *la Jeune-Hardie* des scies, destinées à couper les champs de glace, ainsi que des piques et des coins propres à les séparer. Le capitaine se réserva de prendre, sur la côte groënlandaise, les chiens nécessaires au tirage des traîneaux.

Tout l'équipage fut employé à ces préparatifs et déploya une grande activité. Les matelots Aupic, Gervique et Gradlin suivaient avec empressement les conseils du timonier Penellan, qui, dès ce moment, les engagea à ne point s'habituer aux vêtements de laine, quoique la température fût déjà basse sous ces latitudes, situées au-dessus du cercle polaire.

Penellan observait, sans en rien dire, les moindres actions d'André Vasling. Cet homme, Hollandais d'origine, venait

on ne sait d'où, et, bon marin du reste, il avait fait deux
voyages à bord de *la Jeune-Hardie*. Penellan ne pouvait
encore lui rien reprocher, si ce n'est d'être trop empressé
auprès de Marie ; mais il le surveillait de près.

Grâce à l'activité de l'équipage, le brick fut armé vers le
16 juillet, quinze jours après son arrivée à Bodoë. C'était
alors l'époque favorable pour tenter des explorations dans
les mers arctiques. Le dégel s'opérait depuis deux mois, et
les recherches pouvaient être poussées plus avant. *La Jeune-
Hardie* appareilla donc et se dirigea sur le cap Brewster,
situé sur la côte orientale du Groënland, par le soixante-
dixième degré de latitude.

## IV

### DANS LES PASSES

Vers le 23 juillet, un reflet, élevé au-dessus de la mer,
annonça les premiers bancs de glace qui, sortant alors du
détroit de Davis, se précipitaient dans l'Océan. A partir de
ce moment, une surveillance très active fut recommandée
aux vigies, car il importait de ne point se heurter à ces
masses énormes.

L'équipage fut divisé en deux quarts : le premier fut

8

composé de Fidèle Misonne, de Gradlin et de Gervique;
le second, d'André Vasling, d'Aupic et de Penellan. Ces
quarts ne devaient durer que deux heures, car, sous ces
froides régions, la force de l'homme est diminuée de moitié. Bien que *la Jeune-Hardie* ne fût encore que par le
soixante-troisième degré de latitude, le thermomètre
marquait déjà neuf degrés centigrades au-dessous de zéro.

La pluie et la neige tombaient souvent en abondance.
Pendant les éclaircies, quand le vent ne soufflait pas trop
violemment, Marie demeurait sur le pont, et ses yeux
s'accoutumaient à ces rudes scènes des mers polaires.

Le 1er août, elle se promenait à l'arrière du brick et causait avec son oncle, André Vasling et Penellan. *La Jeune-
Hardie* entrait alors dans une passe large de trois milles,
à travers laquelle des trains de glaçons brisés descen-
daient rapidement vers le sud.

« Quand apercevrons-nous la terre? demanda la jeune
fille.

— Dans trois ou quatre jours au plus tard, répondit
Jean Cornbutte.

— Mais y trouverons-nous de nouveaux indices du passage de mon pauvre Louis?

— Peut-être, ma fille; mais je crains bien que nous ne
soyons encore loin du terme de notre voyage. Il est à re-
douter que le *Froöern* ait été entraîné plus au nord.

— Cela doit être, ajouta André Vasling, car cette bourrasque qui nous a séparés du navire norwégien a duré trois jours, et en trois jours un navire fait bien de la route, quand il est désemparé au point de ne pouvoir résister au vent !

— Permettez-moi de vous dire, monsieur Vasling, riposta Penellan, que c'était au mois d'avril, que le dégel n'était pas commencé alors, et que, par conséquent, le *Froöern* a dû être arrêté promptement par les glaces...

— Et sans doute brisé en mille pièces, répondit le second, puisque son équipage ne pouvait plus manœuvrer !

— Mais ces plaines de glace, répondit Penellan, lui offraient un moyen facile de gagner la terre, dont il ne pouvait être éloigné.

— Espérons ! dit Jean Cornbutte en interrompant une discussion qui se renouvelait journellement entre le second et le timonier. Je crois que nous verrons la terre avant peu.

— La voilà ! s'écria Marie. Voyez ces montagnes !

— Non, mon enfant, répondit Jean Cornbutte. Ce sont des montagnes de glace, les premières que nous rencontrons. Elle nous broieraient comme du verre, si nous nous laissions prendre entre elles. Penellan et Vasling, veillez à la manœuvre. »

Ces masses flottantes, dont plus de cinquante apparaissaient alors à l'horizon, se rapprochèrent peu à peu du brick. Penellan prit le gouvernail, et Jean Cornbutte, monté sur les barres du petit perroquet, indiqua la route à suivre.

Vers le soir, le brick fut tout à fait engagé dans ces écueils mouvants, dont la force d'écrasement est irrésistible. Il s'agissait alors de traverser cette flotte de montagnes, car la prudence commandait de se porter en avant. Une autre difficulté s'ajoutait à ces périls : on ne pouvait constater utilement la direction du navire, tous les points environnants se déplaçant sans cesse et n'offrant aucune perspective stable. L'obscurité s'augmenta bientôt avec le brouillard. Marie descendit dans sa cabine, et, sur l'ordre du capitaine, les huit hommes de l'équipage durent rester sur le pont. Ils étaient armés de longues gaffes garnies de pointes de fer, pour préserver le navire du choc des glaces.

*La Jeune-Hardie* entra bientôt dans une passe si étroite, que souvent l'extrémité de ses vergues fut froissée par les montagnes en dérive, et que ses bouts-dehors durent être rentrés. On fut même obligé d'orienter la grande vergue à toucher les haubans. Heureusement, cette mesure ne fit rien perdre au brick de sa vitesse, car le vent ne pouvait atteindre que les voiles supérieures, et celles-ci suffirent à le

pousser rapidement. Grâce à la finesse de sa coque, il s'enfonça dans les vallées qu'emplissaient des tourbillons de
pluie, tandis que les glaçons s'entre-choquaient avec de
sinistres craquements.

Jean Cornbutte redescendit sur le pont. Ses regards ne
pouvaient percer les ténèbres environnantes. Il devint nécessaire de carguer les voiles hautes, car le navire menaçait
de toucher, et, dans ce cas, il eût été perdu.

« Maudit voyage! grommelait André Vasling au milieu
des matelots de l'avant, qui, la gaffe en main, évitaient les
chocs les plus menaçants.

— Le fait est que, si nous en échappons, nous devrons une
belle chandelle à Notre-Dame des Glaces! répondit Aupic.

— Qui sait ce qu'il y a de montagnes flottantes à traverser encore? ajouta le second.

— Et qui se doute de ce que nous trouverons derrière?
reprit le matelot.

— Ne cause donc pas tant, bavard, dit Gervique, et veille
à ton bord. Quand nous serons passés, il sera temps de gro-
gner! Gare à ta gaffe! »

En ce moment, un énorme bloc de glace, engagé dans
l'étroite passe que suivait *la Jeune-Hardie,* filait rapidement
à contre-bord, et il parut impossible de l'éviter, car elle
barrait toute la largeur du chenal, et le brick se trouvait
dans l'impossibilité de virer.

« Sens-tu la barre? demanda Jean Cornbutte à Penellan.

— Non, capitaine! Le navire ne gouverne plus!

— Ohé! garçons, cria le capitaine à son équipage, n'ayez pas peur, et arc-boutez solidement vos gaffes contre le plat-bord! »

Le bloc avait soixante pieds de haut à peu près, et, s'il se jetait sur le brick, le brick était broyé. Il y eut un indéfinissable moment d'angoisse, et l'équipage reflua vers l'arrière, abandonnant son poste, malgré les ordres du capitaine.

Mais, au moment où ce bloc n'était plus qu'à une demi-encâblure de *la Jeune-Hardie,* un bruit sourd se fit entendre, et une véritable trombe d'eau tomba d'abord sur l'avant du navire, qui s'éleva ensuite sur le dos d'une vague énorme.

Un cri de terreur fut jeté par tous les matelots ; mais quand leurs regards se portèrent vers l'avant, le bloc avait disparu, la passe était libre, et, au delà, une immense plaine d'eau, éclairée par les derniers rayons du jour, assurait une facile navigation.

« Tout est pour le mieux! s'écria Penellan. Orientons nos huniers et notre misaine! »

Un phénomène, très-commun dans ces parages, venait de se produire. Lorsque ces masses flottantes se détachent les unes des autres à l'époque du dégel, elles voguent dans

un équilibre parfait; mais, en arrivant dans l'Océan, où l'eau
est relativement plus chaude, elles ne tardent pas à se mi-
ner à leur base, qui se fond peu à peu et qui d'ailleurs est
ébranlée par le choc des autres glaçons. Il vient donc un
moment où le centre de gravité de ces masses se trouve déplacé, et alors elles culbutent entièrement. Seulement, si
ce bloc se fût retourné deux minutes plus tard, il se préci-
pitait sur le brick et l'effondrait dans sa chute.

## V

### L'ÎLE LIVERPOOL

Le brick voguait alors dans une mer presque entièrement
libre. A l'horizon seulement, une lueur blanchâtre, sans
mouvement cette fois, indiquait la présence de plaines im-
mobiles.

Jean Cornbutte se dirigeait toujours sur le cap Brewster
et s'approchait déjà des régions où la température est excessivement froide, les rayons du soleil n'y arrivant que
très affaiblis par leur obliquité.

Le 3 août, le brick se retrouva en présence de glaces im-
mobiles et unies entre elles. Les passes n'avaient souvent
qu'une encâblure de largeur, et *la Jeune-Hardie* était forcée

de faire mille détours qui la présentaient parfois debout au
vent.

Penellan s'occupait avec un soin paternel de Marie, et,
malgré le froid, il l'obligeait à venir tous les jours passer
deux ou trois heures sur le pont, car l'exercice devenait une
des conditions indispensables de la santé.

Le courage de Marie, d'ailleurs, ne faiblissait pas. Elle
réconfortait même les matelots du brick par ses paroles, et
tous éprouvaient pour elle une véritable adoration. André
Vasling se montrait plus empressé que jamais, et il recher-
chait toutes les occasions de s'entretenir avec elle ; mais la
jeune fille, par une sorte de pressentiment, n'accueillait ses
services qu'avec une certaine froideur. On comprend aisément que l'avenir, bien plus que le présent, était l'objet des
conversations d'André Vasling, et qu'il ne cachait pas le
peu de probabilités qu'offrait le sauvetage des naufragés.
Dans sa pensée, leur perte était maintenant un fait accom-
pli, et la jeune fille devait dès lors remettre entre les mains
de quelque autre le soin de son existence.

Cependant, Marie n'avait pas encore compris les projets
d'André Vasling, car, au grand ennui de ce dernier, ces
conversations ne pouvaient se prolonger. Penellan trouvait
toujours moyen d'intervenir et de détruire l'effet des propos
d'André Vasling par des paroles d'espoir qu'il faisait entendre.

ANDRÉ VASLING SE MONTRAIT PLUS EMPRESSÉ QUE JAMAIS.

10

Marie, d'ailleurs, ne demeurait pas inoccupée. D'après les conseils du timonier, elle prépara ses habits d'hiver, et il fallut qu'elle changeât tout à fait son accoutrement. La coupe de ses vêtements de femme ne convenait pas sous ces latitudes froides. Elle se fit donc une espèce de pantalon fourré, dont les pieds étaient garnis de peau de phoque, et ses jupons étroits ne lui vinrent plus qu'à mi-jambe, afin de n'être pas en contact avec ces couches de neige, dont l'hiver allait couvrir les plaines de glace. Une mante en fourrure, étroitement fermée à la taille et garnie d'un capuchon, lui protégea le haut du corps.

Dans l'intervalle de leurs travaux, les hommes de l'équipage se confectionnèrent aussi des vêtements capables de les abriter du froid. Ils firent en grande quantité de hautes bottes en peau de phoque, qui devaient leur permettre de traverser impunément les neiges pendant leurs voyages d'exploration. Ils travaillèrent ainsi tout le temps que dura cette navigation dans les passes.

André Vasling, très adroit tireur, abattit plusieurs fois des oiseaux aquatiques, dont les bandes innombrables voltigeaient autour du navire. Une espèce d'eiderduks et des ptarmigans fournirent à l'équipage une chair excellente, qui le reposa des viandes salées.

Enfin le brick, après mille détours, arriva en vue du cap Brewster. Une chaloupe fut mise à la mer. Jean Cornbutte et Penellan gagnèrent la côte, qui était absolument déserte.

Aussitôt, le brick se dirigea sur l'île Liverpool, découverte, en 1821, par le capitaine Scoresby, et l'équipage
poussa des acclamations, en voyant les naturels accourir
sur la plage. Les communications s'établirent aussitôt, grâce
à quelques mots de leur langue que possédait Penellan et à
quelques phrases usuelles, qu'eux-mêmes avaient apprises
des baleiniers qui fréquentaient ces parages.

Ces Groënlandais étaient petits et trapus ; leur taille ne
dépassait pas quatre pieds dix pouces. Ils avaient le teint
rougeâtre, la face ronde et le front bas ; leurs cheveux, plats
et noirs, retombaient sur leur dos. Leurs dents étaient gâ-
tées, et ils paraissaient affectés de cette sorte de lèpre par-
ticulière aux tribus ichthyophages.

En échange de morceaux de fer et de cuivre, dont ils sont
extrêmement avides, ces pauvres gens apportaient des fourrures d'ours, des peaux de veaux marins, de chiens marins, de loups de mer et de tous ces animaux généralement
compris sous le nom de phoques. Jean Cornbutte obtint à
très bas prix ces objets, qui allaient devenir pour lui d'une
si grande utilité.

Le capitaine fit alors comprendre aux naturels qu'il était
à la recherche d'un navire naufragé, et il leur demanda
s'ils n'en avaient pas quelques nouvelles. L'un d'eux traça
immédiatement sur la neige une sorte de navire et indiqua

qu'un bâtiment de cette espèce avait été, il y a trois mois,
emporté dans la direction du nord. Il indiqua aussi que le
dégel et la rupture des champs de glace les avaient em-
pêchés d'aller à sa découverte; en effet, leurs pirogues
fort légères, qu'ils manœuvrent à la pagaye, ne pouvaient
tenir la mer dans ces conditions.

Ces nouvelles, quoique imparfaites, ramenèrent l'espérance dans le cœur des matelots, et Jean Cornbutte n'eut
pas de peine à les entraîner plus avant dans la mer polaire.

Avant de quitter l'île Liverpool, le capitaine fit emplette
d'un attelage de six chiens esquimaux, qui se furent bientôt
acclimatés à bord. Le navire leva l'ancre le 10 août au matin, et, par une forte brise, il s'enfonça dans les passes du
nord.

On était alors parvenu aux plus longs jours de l'année,
c'est-à-dire que, sous ces latitudes élevées, le soleil, qui ne
se couchait pas, atteignait le plus haut point des spirales
qu'il décrivait au-dessus de l'horizon.

Cette absence totale de nuit n'était pourtant pas très
sensible, car la brume, la pluie et la neige entouraient parfois le navire de véritables ténèbres.

Jean Cornbutte, décidé à aller aussi avant que possible,
commença à prendre ses mesures d'hygiène. L'entre-pont
fut parfaitement clos, et chaque matin seulement on prit

soin d'en renouveler l'air par des courants. Les poêles furent installés, et les tuyaux disposés de façon à donner le plus de chaleur possible. On recommanda aux hommes de l'équipage de ne porter qu'une chemise de laine par-dessus leur chemise de coton, et de fermer hermétiquement leur casaque de peau. Du reste, les feux ne furent pas encore allumés, car il importait de réserver les provisions de bois et de charbon de terre pour les grands froids.

Les boissons chaudes, telles que le café et le thé, furent distribuées régulièrement aux matelots matin et soir, et comme il était utile de se nourrir de viandes, on fit la chasse aux canards et aux sarcelles, qui abondent dans ces parages.

Jean Cornbutte installa aussi, au sommet du grand mât, « un nid de corneilles, » sorte de tonneau défoncé par un bout, dans lequel se tint constamment une vigie pour observer les plaines de glace.

Deux jours après que le brick eut perdu de vue l'île Liverpool, la température se refroidit subitement sous l'influence d'un vent sec. Quelques indices de l'hiver furent aperçus. *La Jeune-Hardie* n'avait pas un moment à perdre, car bientôt la route devait lui être absolument fermée. Elle s'avança donc à travers les passes que laissaient entre elles des plaines ayant jusqu'à trente pieds d'épaisseur.

Le 3 septembre au matin, *la Jeune-Hardie* parvint à la hauteur de la baie de Gaël-Hamkes. La terre se trou-

11

vait alors à trente milles sous le vent. Ce fut la première fois que le brick s'arrêta devant un banc de glace qui ne lui offrait aucun passage et qui mesurait au moins un mille de largeur. Il fallut donc employer les scies pour couper la glace. Penellan, Aupic, Gradlin et Turquiette furent préposés à la manœuvre de ces scies, qu'on avait installées en dehors du navire. Le tracé des coupures fut fait de telle sorte que le courant pût emporter les glaçons détachés du banc. Tout l'équipage réuni mit près de vingt heures à ce travail. Les hommes éprouvaient une peine extrême à se maintenir sur la glace ; souvent ils étaient forcés de se mettre dans l'eau jusqu'à mi-corps, et leurs vêtements de peau de phoque ne les préservaient que très imparfaitement de l'humidité.

D'ailleurs, sous ces latitudes élevées, tout travail excessif est bientôt suivi d'une fatigue absolue, car la respiration manque promptement, et le plus robuste est forcé de s'arrêter souvent.

Enfin la navigation redevint libre, et le brick fut remorqué au delà du banc qui l'avait si longtemps retenu.

## VI

### LE TREMBLEMENT DE GLACES

Pendant quelques jours encore, *la Jeune-Hardie* lutta contre d'insurmontables obstacles. L'équipage eut presque toujours la scie à la main; souvent même on fut forcé d'employer la poudre pour faire sauter les énormes blocs de glace qui coupaient le chemin.

Le 12 septembre, la mer n'offrit plus qu'une plaine solide, sans issue, sans passe, qui entourait le navire de tous côtés, de sorte qu'il ne pouvait ni avancer ni reculer. La température se maintenait, en moyenne, à seize degrés au-dessous de zéro. Le moment de l'hivernage était donc venu, et la saison d'hiver arrivait avec ses souffrances et ses dangers.

*La Jeune-Hardie* se trouvait alors à peu près par le vingt et unième degré de longitude ouest et le soixante-seizième degré de latitude nord, à l'entrée de la baie de Gaël-Hamkes.

Jean Cornbutte fit ses premiers préparatifs d'hivernage. Il s'occupa d'abord de trouver une crique dont la position mît son navire à l'abri des coups de vent et des

LA MER N'OFFRAIT PLUS QU'UNE PLAINE SOLIDE.

grandes débâcles. La terre, qui devait être à une dizaine de milles dans l'ouest, pouvait seule lui offrir de sûrs abris, qu'il résolut d'aller reconnaître.

Le 12 septembre, il se mit en marche, accompagné d'André Vasling, de Penellan et des deux matelots Gradlin et Turquiette. Chacun portait des provisions pour deux jours, car il n'était pas probable que leur excursion se prolongeât au delà, et ils s'étaient munis de peaux de buffle, sur lesquelles ils devaient se coucher.

La neige, qui avait tombé en grande abondance et dont la surface n'était pas gelée, les retarda considérablement. Ils enfonçaient souvent jusqu'à mi-corps, et ne pouvaient, d'ailleurs, s'avancer qu'avec une extrême prudence, s'ils ne voulaient pas tomber dans les crevasses. Penellan, qui marchait en tête, sondait soigneusement chaque dépression du sol avec son bâton ferré.

Vers les cinq heures du soir, la brume commença à s'épaissir, et la petite troupe dut s'arrêter. Penellan s'occupa de chercher un glaçon qui pût les abriter du vent; après s'être un peu restaurés, tout en regrettant de ne pas avoir quelque chaude boisson, ils étendirent leur peau de buffle sur la neige, s'en enveloppèrent, se serrèrent les uns près des autres, et le sommeil l'emporta bientôt sur la fatigue.

Le lendemain matin, Jean Cornbutte et ses compagnons

12

étaient ensevelis sous une couche de neige de plus d'un pied d'épaisseur. Heureusement leurs peaux, parfaitement imperméables, les avaient préservés, et cette neige avait même contribué à conserver leur propre chaleur, qu'elle empêchait de rayonner au dehors.

Jean Cornbutte donna aussitôt le signal du départ, et, vers midi, ses compagnons et lui aperçurent enfin la côte, qu'ils eurent d'abord quelque peine à distinguer. De hauts blocs de glace, taillés perpendiculairement, se dressaient sur le rivage ; leurs sommets variés, de toutes formes et de toutes tailles, reproduisaient en grand les phénomènes de la cristallisation. Des myriades d'oiseaux aquatiques s'envolèrent à l'approche des marins, et les phoques, qui étaient étendus paresseusement sur la glace, plongèrent avec précipitation.

« Ma foi ! dit Penellan, nous ne manquerons ni de fourrures ni de gibier !

— Ces animaux-là, répondit Jean Cornbutte, ont tout l'air d'avoir reçu déjà la visite des hommes, car, dans des parages entièrement inhabités, ils ne seraient pas si sauvages.

— Il n'y a que des Groënlandais qui fréquentent ces terres, répliqua André Vasling.

— Je ne vois cependant aucune trace de leur passage, ni le moindre campement, ni la moindre hutte ! répondit Penellan, en gravissant un pic élevé. — Ohé ! capitaine, s'écria-t-il, venez donc! J'aperçois une pointe de terre qui nous préservera joliment des vents du nord-est.

— Par ici, mes enfants! » dit Jean Cornbutte.

Ses compagnons le suivirent, et tous rejoignirent bientôt Penellan. Le marin avait dit vrai. Une pointe de terre assez élevée s'avançait comme un promontoire, et, en se recourbant vers la côte, elle formait une petite baie d'un mille de profondeur au plus. Quelques glaces mouvantes, brisées par cette pointe, flottaient au milieu, et la mer, abritée contre les vents les plus froids, ne se trouvait pas encore entièrement prise.

Ce lieu d'hivernage était excellent. Restait à y conduire le navire. Or, Jean Cornbutte remarqua que la plaine de glace avoisinante était d'une grande épaisseur; il paraissait fort difficile, dès lors, de creuser un canal pour conduire le brick à sa destination. Il fallait donc chercher quelque autre crique; mais ce fut en vain que Jean Cornbutte s'avança vers le nord. La côte restait droite et abrupte sur une grande longueur, et, au delà de la pointe, elle se trouvait directement exposée aux coups de vent de l'est. Cette circonstance déconcerta le capitaine, d'autant plus qu'André Vasling fit valoir combien la situation était mauvaise en s'appuyant sur des raisons péremptoires. Penellan eut beaucoup de peine à se prouver à lui-même que, dans cette conjecture, tout fût pour le mieux.

Le brick n'avait donc plus que la chance de trouver un lieu d'hivernage sur la partie méridionale de la côte. C'était revenir sur ses pas, mais il n'y avait pas à hésiter. La petite troupe reprit donc le chemin du navire et marcha rapidement, car les vivres commençaient à manquer. Jean Cornbutte chercha, tout le long de la route, quelque passe qui fût praticable, ou au moins quelque fissure qui permît de creuser un canal à travers la plaine de glace, mais en vain.

Vers le soir, les marins arrivèrent près du glaçon où ils avaient campé pendant l'autre nuit. La journée s'était passée sans neige, et ils purent encore reconnaître l'empreinte de leurs corps sur la glace. Tout était donc disposé pour leur coucher, et ils s'étendirent sur leur peau de buffle.

Penellan, très contrarié de l'insuccès de son exploration, dormait assez mal, quand, dans un moment d'insomnie, son attention fut attirée par un roulement sourd. Il prêta l'oreille à ce bruit, et ce roulement lui parut tellement étrange, qu'il poussa du coude Jean Cornbutte.

« Qu'est-ce que c'est? demanda celui-ci, qui, suivant l'habitude du marin, eut l'intelligence aussi rapidement éveillée que le corps.

— Écoutez, capitaine! » répondit Penellan.

Le bruit augmentait avec une violence sensible.

« Ce ne peut être le tonnerre, sous une latitude si élevée ! dit Jean Cornbutte en se levant.

— Je crois que nous avons plutôt affaire à une bande
d'ours blancs ! répondit Penellan.

— Diable ! nous n'en avons pas encore aperçu, cependant.

— Un peu plus tôt, un peu plus tard, répondit Penellan, nous devons nous attendre à leur visite. Commençons
par les bien recevoir. »

Penellan, armé d'un fusil, gravit lestement le bloc qui
les abritait. L'obscurité étant fort épaisse et le temps couvert, il ne put rien découvrir ; mais un incident nouveau
lui prouva bientôt que la cause de ce bruit ne venait pas
des environs. Jean Cornbutte le rejoignit, et ils remar-
quèrent avec effroi que ce roulement, dont l'intensité réveilla leurs compagnons, se produisait sous leurs pieds.

Un péril d'une nouvelle sorte venait les menacer. A ce
bruit, qui ressembla bientôt aux éclats du tonnerre, se
joignit un mouvement d'ondulation très prononcé du champ
de glace. Plusieurs matelots perdirent l'équilibre et tombèrent.

« Attention ! cria Penellan.

— Oui ! lui répondit-on.

— Turquiette ! Gradlin ! Où êtes-vous ?

— Me voici ! répondit Turquiette, secouant la neige
dont il était couvert.

13

« — Par ici, Vasling, cria Jean Cornbutte au second.
Et Gradlin ?

— Présent, capitaine... Mais nous sommes perdus !
s'écria Gradlin avec effroi.

— Eh non ! fit Penellan. Nous sommes peut-être sauvés ! »

A peine achevait-il ces mots, qu'un craquement effroyable se fit entendre. La plaine de glace se brisa tout
entière, et les matelots durent se cramponner au bloc qui
oscillait auprès d'eux. En dépit des paroles du timonier,
ils se trouvaient dans une position excessivement périlleuse, car un tremblement venait de se produire. Les glaçons venaient « de lever l'ancre, » suivant l'expression des
marins. Ce mouvement dura près de deux minutes, et il
était à craindre qu'une crevasse ne s'ouvrît sous les pieds
mêmes des malheureux matelots ! Aussi attendirent-ils le
jour au milieu de transes continuelles, car ils ne pouvaient, sous peine de périr, se hasarder à faire un pas, et
ils demeurèrent étendus de tout leur long pour éviter d'être
engloutis.

Aux premières lueurs du jour, un tableau tout différent
s'offrit à leurs yeux. La vaste plaine, unie la veille, se
trouvait disjointe en mille endroits, et les flots, soulevés
par quelque commotion sous-marine, avaient brisé la couche épaisse qui les recouvrait.

CE MOUVEMENT DURA PRÈS DE DEUX MINUTES.

La pensée de son brick se présenta à l'esprit de Jean Cornbutte.

« Mon pauvre navire ! s'écria-t-il. Il doit être perdu ! »

Le plus sombre désespoir commença à se peindre sur la figure de ses compagnons. La perte du navire entraînait inévitablement leur mort prochaine.

« Courage ! mes amis, reprit Penellan. Songez donc que le tremblement de cette nuit nous a ouvert un chemin à travers les glaces, qui permettra de conduire notre brick à la baie d'hivernage ! Eh ! tenez, je ne me trompe pas ! *la Jeune-Hardie,* la voilà, plus rapprochée de nous d'un mille ! »

Tous se précipitèrent en avant, et si imprudemment, que Turquiette glissa dans une fissure et eût infailliblement péri, si Jean Cornbutte ne l'eût rattrapé par son capuchon. Il en fut quitte pour un bain un peu froid.

Effectivement, le brick flottait à deux milles au vent. Après des peines infinies, la petite troupe l'atteignit. Le brick était en bon état ; mais son gouvernail, que l'on avait négligé d'enlever, avait été brisé par les glaces.

## VII

### LES INSTALLATIONS DE L'HIVERNAGE

Penellan avait encore une fois raison; tout était pour le mieux, et ce tremblement de glaces avait ouvert au navire une route praticable jusqu'à la baie. Les marins n'eurent plus qu'à disposer habilement des courants pour y diriger les glaçons de manière à se frayer une route.

Le 19 septembre, le brick fut enfin établi, à deux encâblures de terre, dans sa baie d'hivernage, et solidement ancré sur un bon fond. Dès le jour suivant, la glace s'était déjà formée autour de sa coque; bientôt elle devint assez forte pour supporter le poids d'un homme, et la communication put s'établir directement avec la terre.

Suivant l'habitude des navigateurs arctiques, le gréement resta tel qu'il était; les voiles furent soigneusement repliées sur les vergues et garnies de leur étui, et le nid de corneilles demeura en place, autant pour permettre d'observer au loin que pour attirer l'attention sur le navire.

Déjà le soleil s'élevait à peine au-dessus de l'horizon. Depuis le solstice de juin, les spirales qu'il avait décrites

14

s'étaient de plus en plus abaissées, et bientôt il devait disparaître tout à fait.

L'équipage se hâta de faire ses préparatifs; Penellan en fut le grand ordonnateur. La glace se fut bientôt épaissie autour du navire, et il était à craindre que sa pression ne fût dangereuse; mais Penellan attendit que, par suite du va-et-vient des glaçons flottants et de leur adhérence, elle eût atteint une vingtaine de pieds d'épaisseurs. Il la fit alors tailler en biseau autour de la coque, si bien qu'elle se rejoignit sous le navire, dont elle prit la forme ; enclavé dans un lit, le brick n'eut plus à craindre dès lors la pression des glaces, qui ne pouvaient faire aucun mouvement.

Les marins élevèrent ensuite le long des préceintes, et jusqu'à la hauteur des bastingages, une muraille de neige de cinq à six pieds d'épaisseur, qui ne tarda pas à se durcir comme un roc. Cette enveloppe ne permettait pas à la chaleur intérieure de rayonner au dehors. Une tente en toile, recouverte de peaux et hermétiquement fermée, fut étendue sur toute la longueur du pont et forma une espèce de promenoir pour l'équipage.

On construisit également à terre un magasin de neige, dans lequel on entassa les objets qui embarrassaient le navire. Les cloisons des cabines furent démontées de manière à ne plus former qu'une vaste chambre à l'avant comme à l'arrière. Cette pièce unique était, d'ailleurs, plus facile à réchauffer, car la glace et l'humidité trouvaient moins de coins pour s'y blottir. Il fut également plus aisé de l'aérer convenablement, au moyen de manches en toile qui s'ouvraient au dehors.

Chacun déploya une extrême activité dans ces divers préparatifs, et, vers le 25 septembre, ils furent entièrement terminés. André Vasling ne s'était pas montré le moins habile à ces divers aménagements. Il déploya surtout un empressement trop grand à s'occuper de la jeune fille, et, si celle-ci, toute à la pensée de son pauvre Louis, ne s'en aperçut pas, Jean Cornbutte comprit bientôt ce qui en était. Il en causa avec Penellan ; il se rappela plusieurs circonstances qui l'éclairèrent tout à fait sur les intentions de son second : André Vasling aimait Marie et comptait la demander à son oncle, dès qu'il ne serait plus permis de douter de la mort des naufragés ; on s'en retournerait alors à Dunkerque, et André Vasling s'accommoderait très bien d'épouser une fille jolie et riche, qui serait l'unique héritière de Jean Cornbutte.

Seulement, dans son impatience, André Vasling manqua souvent d'habileté ; il avait plusieurs fois déclaré inutiles les recherches entreprises pour retrouver les naufragés, et souvent un indice nouveau venait lui donner un démenti, que Penellan prenait du plaisir à faire ressortir. Aussi le second détestait-il cordialement le timonier, qui le lui rendait avec du retour. Ce dernier ne craignait qu'une chose, c'était qu'André Vasling ne parvînt à jeter quelque germe de dissension dans l'équipage, et il engagea Jean Cornbutte à ne lui répondre qu'évasivement à la première occasion.

Lorsque les préparatifs d'hivernage furent terminés, le capitaine prit diverses mesures propres à conserver la santé de son équipage. Tous les matins, les hommes eurent ordre d'aérer les logements et d'essuyer soigneusement les parois intérieures, pour les débarrasser de l'humidité de la nuit. Ils reçurent, matin et soir, du thé ou du café brûlant, ce qui est un des meilleurs cordiaux à employer contre le froid; puis ils furent divisés en quarts de chasseurs, qui devaient, autant que possible, procurer chaque jour une nourriture fraîche à l'ordinaire du bord.

Chacun dut prendre aussi, tous les jours, un exercice salutaire, et ne pas s'exposer sans mouvement à la température, car, par des froids de trente degrés au-dessous de zéro, il pouvait arriver que quelque partie du corps se gelât subitement. On devait, dans ce cas, avoir recours aux frictions de neige, qui seules pouvaient sauver la partie malade.

Penellan recommanda fortement aussi l'usage des ablutions froides, chaque matin. Il fallait un certain courage pour se plonger les mains et la figure dans la neige, que l'on faisait dégeler à l'intérieur. Mais Penellan donna bravement l'exemple, et Marie ne fut pas la dernière à l'imiter.

Jean Cornbutte n'oublia pas non plus les lectures et les prières, car il s'agissait de ne pas laisser dans le cœur place au désespoir ou à l'ennui. Rien n'est plus dangereux sous ces latitudes désolées.

Le ciel, toujours sombre, remplissait l'âme de tristesse. Une neige épaisse, fouettée par des vents violents, ajoutait à l'horreur accoutumée. Le soleil allait disparaître bientôt. Si les nuages n'eussent pas été amoncelés sur la tête des navigateurs, ils auraient pu jouir de la lumière de la lune, qui allait devenir véritablement leur soleil pendant cette longue nuit des pôles ; mais, avec ces vents d'ouest, la neige ne cessa pas de tomber. Chaque matin, il fallait déblayer les abords du navire et tailler de nouveau dans la glace un escalier qui permît de descendre sur la plaine. On y réussissait facilement avec les couteaux à neige ; une fois les marches découpées, on jetait un peu d'eau à leur surface, et elles se durcissaient immédiatement.

Penellan fit aussi creuser un trou dans la glace, non loin du navire. Tous les jours on brisait la nouvelle croûte qui se formait à sa partie supérieure, et l'eau que l'on y puisait à une certaine profondeur était moins froide qu'à la surface.

15

Tous ces préparatifs durèrent environ trois semaines. Il fut alors question de pousser les recherches plus avant. Le navire était emprisonné pour six ou sept mois, et le prochain dégel pouvait seul lui ouvrir une nouvelle route à travers les glaces. Il fallait donc profiter de cette immobilité forcée pour diriger des explorations dans le nord.

## VIII

### PLAN D'EXPLORATIONS

Le 9 octobre, Jean Cornbutte tint conseil pour dresser le plan de ses opérations, et, afin que la solidarité augmentât le zèle et le courage de chacun, il y admit tout l'équipage. La carte en main, il exposa nettement la situation présente.

La côte orientale du Groënland s'avance perpendiculairement vers le nord. Les découvertes des navigateurs ont donné la limite exacte de ces parages. Dans cet espace de cinq cents lieues qui sépare le Groënland du Spitzberg, aucune terre n'avait encore été reconnue. Une seule île, l'île Shannon, se trouvait à une centaine de milles dans le nord de la baie de Gaël-Hamkes, où *la Jeune-Hardie* allait hiverner.

LA CARTE EN MAIN, IL EXPOSA NETTEMENT LA SITUATION.

Si donc le navire norwégien, suivant toutes les probabilités, avait été entraîné dans cette direction, en supposant qu'il n'eût pu atteindre l'île Shannon, c'était là que Louis Cornbutte et les naufragés avaient dû chercher asile pour l'hiver.

Cet avis prévalut malgré l'opposition d'André Vasling, et il fut décidé que l'on dirigerait les explorations du côté de l'île Shannon.

Les dispositions furent immédiatement commencées. On s'était procuré, sur la côte de Norwége, un traîneau fait à la manière des Esquimaux, construit en planches recourbées à l'avant et à l'arrière, et qui fût propre à glisser sur la neige et sur la glace. Il avait douze pieds de long sur quatre de large, et pouvait, en conséquence, porter des provisions pour plusieurs semaines au besoin. Fidèle Misonne l'eut bientôt mis en état, et il y travailla dans le magasin de neige, où ses outils avaient été transportés. Pour la première fois, on établit un poêle à charbon dans ce magasin, car tout travail y eût été impossible sans cela. Le tuyau du poêle sortait par un des murs latéraux, au moyen d'un trou percé dans la neige ; mais il résultait un grave inconvénient de cette disposition, car la chaleur du tuyau faisait fondre peu à peu la neige à l'endroit où il était en contact avec elle, et l'ouverture s'agrandissait sensiblement. Jean Cornbutte imagina d'entourer cette portion du tuyau d'une toile métallique, dont la propriété est d'empêcher la chaleur de passer. Ce qui réussit complétement.

Pendant que Misonne travaillait au traîneau, Penellan, aidé de Marie, préparait les vêtements de rechange pour la route. Les bottes de peau de phoque étaient heureusement en grand nombre. Jean Cornbutte et André Vasling s'occupèrent des provisions ; ils choisirent un petit baril d'esprit-de-vin, destiné à chauffer un réchaud portatif ; des réserves de thé et de café furent prises en quantité suffisante ; une petite caisse de biscuits, deux cents livres de pemmican et quelques gourdes d'eau-de-vie complétèrent la partie alimentaire. La chasse devait fournir chaque jour des provisions fraîches. Une certaine quantité de poudre fut divisée dans plusieurs sacs. La boussole, le sextant et la longue-vue furent mis à l'abri de tout choc.

Le 11 octobre, le soleil ne reparut pas au-dessus de l'horizon. On fut obligé d'avoir une lampe continuellement allumée dans le logement de l'équipage. Il n'y avait pas de temps à perdre ; il fallait commencer les explorations, et voici pourquoi :

Au mois de janvier, le froid deviendrait tel qu'il ne serait plus possible de mettre le pied dehors, sans péril pour la vie. Pendant deux mois au moins, l'équipage serait condamné au casernement le plus complet ; le dé-

16

gel commencerait ensuite et se prolongerait jusqu'à l'époque où le navire devait quitter les glaces. Ce dégel empêcherait forcément toute exploration. D'un autre côté, si Louis Cornbutte et ses compagnons existaient encore, il n'était pas probable qu'ils pussent résister aux rigueurs d'un hiver arctique. Il fallait donc les sauver auparavant, ou tout espoir serait perdu.

André Vasling savait tout cela mieux que personne. Aussi résolut-il d'apporter de nombreux obstacles à cette expédition.

Les préparatifs du voyage furent achevés vers le 20 octobre. Il s'agit alors de choisir les hommes qui en feraient partie. La jeune fille ne devait pas quitter la garde de Jean Cornbutte ou de Penellan. Or, ni l'un ni l'autre ne pouvaient manquer à la caravane.

La question fut donc de savoir si Marie pourrait supporter les fatigues d'un pareil voyage. Jusqu'ici elle avait passé par de rudes épreuves, sans trop en souffrir; c'était une fille de marin, habituée dès son enfance aux fatigues de la mer, et vraiment Penellan ne s'effrayait pas trop de la voir, au milieu de ces climats affreux, luttant contre les dangers des mers polaires.

On décida donc, après de longues discussions, que la jeune fille accompagnerait l'expédition, et qu'il lui serait, au besoin, réservé une place dans le traîneau, sur lequel on construisit une petite hutte en bois, hermétiquement fermée. Quant à Marie, elle fut au comble de ses vœux, car il lui répugnait d'être éloignée de ses deux protecteurs.

L'expédition fut donc ainsi formée : Marie, Jean Cornbutte, Penellan, André Vasling, Aupic et Fidèle Misonne. Alain Turquiette demeura spécialement chargé de la garde du brick, sur lequel restaient Gervique et Gradlin. De nouvelles provisions de toutes sortes furent emportées, car Jean Cornbutte, afin de pousser l'exploration aussi loin que possible, avait résolu de faire des dépôts le long de sa route, tous les sept ou huit jours de marche. Dès que le traîneau fut prêt, on le chargea immédiatement, et il fut recouvert d'une tente de peaux de buffle. Le tout formait un poids d'environ sept cents livres, qu'un attelage de cinq chiens pouvait aisément traîner sur la glace.

Le 22 octobre, suivant les prévisions du capitaine, un changement soudain se manifesta dans la température. Le ciel s'éclaircit, les étoiles jetèrent un éclat extrêmement vif, et la lune brilla au-dessus de l'horizon pour ne plus le quitter pendant une quinzaine de jours. Le thermomètre était descendu à vingt-cinq degrés au-dessous de zéro.

Le départ fut fixé au lendemain.

## IX

### LA MAISON DE NEIGE

Le 23 octobre, à onze heures du matin, par une belle lune, la caravane se mit en marche. Les précautions étaient prises, cette fois, de façon que le voyage pût se prolonger longtemps, s'il le fallait. Jean Cornbutte suivit la côte, en remontant vers le nord. Les pas des marcheurs ne laissaient aucune trace sur cette glace résistante. Aussi Jean Cornbutte fut-il obligé de se guider au moyen de points de repère qu'il choisit au loin ; tantôt il marchait sur une colline toute hérissée de pics, tantôt sur un énorme glaçon que la pression avait soulevé au-dessus de la plaine.

A la première halte, après une quinzaine de milles, Penellan fit les préparatifs d'un campement. La tente fut adossée à un bloc de glaces. Marie n'avait pas trop souffert de ce froid rigoureux, car, par bonheur, la brise s'étant calmée, il était beaucoup plus supportable ; mais, plusieurs fois, la jeune fille avait dû descendre de son traîneau pour empêcher que l'engourdissement n'arrêtât chez elle la circulation du sang. D'ailleurs, sa petite hutte, tapissée de peaux par les soins de Penellan, offrait tout le confortable possible.

LA CARAVANE SE MIT EN MARCHE.

Quand la nuit, ou plutôt quand le moment du repos arriva, cette petite hutte fut transportée sous la tente, où elle servit de chambre à coucher à la jeune fille. Le repas du soir se composa de viande fraîche, de pemmican et de thé chaud. Jean Cornbutte, pour prévenir les funestes effets du scorbut, fit distribuer à tout son monde quelques gouttes de jus de citron. Puis, tous s'endormirent à la garde de Dieu.

Après huit heures de sommeil, chacun reprit son poste de marche. Un déjeuner substantiel fut fourni aux hommes et aux chiens, puis on partit. La glace, excessivement unie, permettait à ces animaux d'enlever le traîneau avec une grande facilité. Les hommes, quelquefois, avaient de la peine à le suivre.

Mais un mal dont plusieurs marins eurent bientôt à souffrir, ce fut l'éblouissement. Des ophthalmies se déclarèrent chez Aupic et Misonne. La lumière de la lune, frappant sur ces immenses plaines blanches, brûlait la vue et causait aux yeux une cuisson insupportable.

Il se produisait aussi un effet de réfraction excessivement curieux. En marchant, au moment où l'on croyait mettre le pied sur un monticule, on tombait plus bas, ce qui occasionnait souvent des chutes, heureusement sans gravité, et que Penellan tournait en plaisanterie. Néanmoins, il recommanda de ne jamais faire un pas sans sonder le sol avec le bâton ferré dont chacun était muni.

Vers le 1er novembre, dix jours après le départ, la caravane se trouvait à une cinquantaine de lieues dans le nord. La fatigue devenait extrême pour tout le monde. Jean Cornbutte éprouvait des éblouissements terribles, et sa vue s'altérait sensiblement. Aupic et Fidèle Misonne ne marchaient plus qu'en tâtonnant, car leurs yeux, bordés de rouge, semblaient brûlés par la réflexion blanche. Marie avait été préservée de ces accidents par suite de son séjour dans la hutte, qu'elle habitait le plus possible. Penellan, soutenu par un indomptable courage, résistait à toutes ces fatigues. Celui qui, au surplus, se portait le mieux et sur lequel ces douleurs, ce froid, cet éblouissement ne semblaient avoir aucune prise, c'était André Vasling. Son corps de fer était fait à toutes ces fatigues ; il voyait alors avec plaisir le découragement gagner les plus robustes, et il prévoyait déjà le moment prochain où il faudrait revenir en arrière.

Or, le 1er novembre, par suite des fatigues, il devint indispensable de s'arrêter pendant un jour ou deux.

Dès que le lieu du campement fut choisi, on procéda à son installation. On résolut de construire une maison de neige, que l'on appuierait contre une des roches du promontoire. Fidèle Misonne en traça immédiatement les fondements, qui mesuraient quinze pieds de long sur cinq de large. Penellan, Aupic, Misonne, à l'aide de leurs couteaux, découpèrent de vastes blocs de glace qu'ils apportèrent au lieu désigné, et ils les dressèrent, comme des maçons eussent fait de murailles en pierre. Bientôt la paroi du fond fut élevée à cinq pieds de hauteur avec une épaisseur à peu près égale, car les matériaux ne manquaient pas, et il importait que l'ouvrage fût assez solide pour durer quelques jours. Les quatre murailles furent terminées en huit heures à peu près ; une porte avait été ménagée du côté du sud, et la toile de la tente, qui fut posée sur ces quatre murailles, retomba du côté de la porte, qu'elle masqua. Il ne s'agissait plus que de recouvrir le tout de larges blocs, destinés à former le toit de cette construction éphémère.

Après trois heures d'un travail pénible, la maison fut achevée, et chacun s'y retira, en proie à la fatigue et au découragement. Jean Cornbutte souffrait au point de ne pouvoir faire un seul pas, et André Vasling exploita si bien sa douleur qu'il lui arracha la promesse de ne pas porter ses recherches plus avant dans ces affreuses solitudes.

Penellan ne savait plus à quel saint se vouer. Il trouvait indigne et lâche d'abandonner ses compagnons sur des présomptions sans portée. Aussi cherchait-il à les détruire, mais ce fut en vain.

Cependant, quoique le retour eût été décidé, le repos était devenu si nécessaire que, pendant trois jours, on ne fit aucun préparatif de départ.

Le 4 novembre, Jean Cornbutte commença à faire enterrer sur un point de la côte les provisions qui ne lui étaient pas nécessaires. Une marque indiqua le dépôt, pour le cas improbable où de nouvelles explorations l'entraîneraient de ce côté.

Tous les quatre jours de marche, il avait laissé de semblables dépôts le long de sa route, — ce qui lui assurait des vivres pour le retour, sans qu'il eût la peine de les transporter sur son traineau.

Le départ fut fixé à dix heures du matin, le 5 novembre. La tristesse la plus profonde s'était emparée de la petite troupe. Marie avait peine à retenir ses larmes, en voyant son oncle tout découragé. Tant de souffrances inutiles ! tant de travaux perdus ! Penellan, lui, devenait d'une humeur massacrante ; il donnait tout le monde au diable et ne cessait, à chaque occasion, de se fâcher contre la faiblesse et la lâcheté de ses compagnons, plus timides et plus fatigués, disait-il, que Marie, laquelle aurait été au bout du monde sans se plaindre.

André Vasling ne pouvait pas dissimuler le plaisir que lui causait cette détermination. Il se montra plus empressé que jamais près de la jeune fille, à laquelle il fit même

18

espérer que de nouvelles recherches seraient entreprises après l'hiver, sachant bien qu'elles seraient alors trop tardives !

## X

### ENTERRÉS VIVANTS

La veille du départ, au moment du souper, Penellan était occupé à briser des caisses vides pour en fourrer les débris dans le poêle, quand il fut suffoqué tout à coup par une fumée épaisse. Au même moment, la maison de neige fut comme ébranlée par un tremblement de terre. Chacun poussa un cri de terreur, et Penellan se précipita au dehors.

Il faisait une obscurité complète. Une tempête effroyable, car ce n'était pas un dégel, éclatait dans ces parages. Des tourbillons de neige s'abattaient avec une violence extrême, et le froid était tellement violent que le timonier sentit ses mains se geler rapidement. Il fut obligé de rentrer, après s'être vivement frotté avec de la neige.

« Voici la tempête, dit-il. Fasse le Ciel que notre maison résiste, car, si l'ouragan la détruisait, nous serions perdus ! »

En même temps que les rafales se déchaînaient dans

l'air, un bruit effroyable se produisait sous le sol glacé ;
les glaçons, brisés à la pointe du promontoire, se heurtaient
avec fracas et se précipitaient les uns sur les autres ; le
vent soufflait avec une telle force, qu'il semblait parfois
que la maison entière se déplaçait ; des lueurs phospho-
rescentes, inexplicables sous ces latitudes, couraient à travers le tourbillon des neiges.

« Marie, Marie ! s'écria Penellan, en saisissant les mains
de la jeune fille.

— Nous voilà mal pris ! dit Fidèle Misonne.

— Et je ne sais si nous en réchapperons ! répliqua Aupic.

— Quittons cette maison de neige ! dit André Vasling.

— C'est impossible ! répondit Penellan. Le froid est
épouvantable au dehors, tandis que nous pourrons peut-
être le braver en demeurant ici !

— Donnez-moi le thermomètre, » dit André Vasling.

Aupic lui passa l'instrument, qui marquait dix degrés
au-dessous de zéro, à l'intérieur, bien que le feu fût allumé. André Vasling souleva la toile qui retombait devant l'ouverture et le glissa au dehors avec précipitation,
car il eût été meurtri par des éclats de glace que le vent
soulevait et qui se projetaient en une véritable grêle.

« Eh bien, monsieur Vasling, dit Penellan, voulez-vous
encore sortir ?... Vous voyez bien que c'est ici que nous
sommes le plus en sûreté !

— Oui, ajouta Jean Cornbutte, et nous devons employer tous nos efforts à consolider intérieurement cette maison.

— Mais il est un danger plus terrible encore, qui nous menace ! dit André Vasling.

— Lequel ? demanda Jean Cornbutte.

— C'est que le vent brise la glace sur laquelle nous reposons, comme il a brisé les glaçons du promontoire, et que nous soyons entraînés ou submergés !

— Cela me paraît difficile, répondit Penellan, car il gèle de manière à glacer toutes les surfaces liquides !... Voyons quelle est la température. »

Il souleva la toile de manière à ne passer que le bras, et eut quelque peine à retrouver le thermomètre, au milieu de la neige ; mais enfin il parvint à le saisir, et, l'approchant de la lampe, il dit :

« Trente-deux degrés au-dessous de zéro ! C'est le plus grand froid que nous ayons éprouvé jusqu'ici !

— Encore dix degrés, ajouta André Vasling, et le mercure gèlera ! »

Un morne silence suivit cette réflexion.

Vers huit heures du matin, Penellan essaya une seconde fois de sortir, pour juger de la situation. Il fallait, d'ailleurs, donner une issue à la fumée, que le vent avait plusieurs fois repoussée dans l'intérieur de la hutte. Le ma-

TRENTE-DEUX DEGRÉS AU-DESSOUS DE ZÉRO.

19

rin ferma très hermétiquement ses vêtements, assura son capuchon sur sa tête au moyen d'un mouchoir, et souleva la toile.

L'ouverture était entièrement obstruée par une neige résistante. Penellan prit son bâton ferré et parvint à l'enfoncer dans cette masse compacte ; mais la terreur glaça son sang, quand il sentit que l'extrémité de son bâton n'était pas libre et s'arrêtait sur un corps dur !

« Cornbutte ! dit-il au capitaine, qui s'était approché de lui, nous sommes enterrés sous cette neige !

— Que dis-tu ? s'écria Jean Cornbutte.

— Je dis que la neige s'est amoncelée et glacée autour de nous et sur nous, que nous sommes ensevelis vivants !

— Essayons de repousser cette masse de neige, » répondit le capitaine.

Les deux amis s'arc-boutèrent contre l'obstacle qui obstruait la porte, mais ils ne purent le déplacer. La neige formait un glaçon qui avait plus de cinq pieds d'épaisseur et ne faisait qu'un avec la maison.

Jean Cornbutte ne put retenir un cri, qui réveilla Misonne et André Vasling. Un juron éclata entre les dents de ce dernier, dont les traits se contractèrent.

En ce moment, une fumée plus épaisse que jamais reflua à l'intérieur, car elle ne pouvait trouver aucune issue.

« Malédiction ! s'écria Misonne. Le tuyau du poêle est bouché par la glace ! »

Penellan reprit son bâton et démonta le poêle, après avoir jeté de la neige sur les tisons pour les éteindre, ce qui produisit une fumée telle que l'on pouvait à peine apercevoir la lueur de la lampe ; puis il essaya, avec son bâton, de débarrasser l'orifice, mais il ne rencontra partout qu'un roc de glace !

Il ne fallait plus attendre qu'une fin affreuse, précédée d'une agonie terrible ! La fumée, s'introduisant dans la gorge des malheureux, y causait une douleur insoutenable, et l'air même ne devait pas tarder à leur manquer !

Marie se leva alors, et sa présence, qui désespérait Jean Cornbutte, rendit quelque courage à Penellan. Le timonier se dit que cette pauvre enfant ne pouvait être destinée à une mort si horrible !

« Eh bien ! dit la jeune fille, vous avez donc fait trop de feu ? La chambre est pleine de fumée !

— Oui... oui... répondit le timonier en balbutiant.

— On le voit bien, reprit Marie, car il ne fait pas froid, et il y a longtemps même que nous n'avons éprouvé autant de chaleur ! »

Personne n'osa lui apprendre la vérité.

« Voyons, Marie, dit Penellan, en brusquant les choses, aide-nous à préparer le déjeuner. Il fait trop froid pour

sortir. Voici le réchaud, voici l'esprit-de-vin, voici le café. —
Allons, vous autres, un peu de pemmican d'abord, puisque
ce maudit temps nous empêche de chasser! »

Ces paroles ranimèrent ses compagnons.

« Mangeons d'abord, ajouta Penellan, et nous verrons
ensuite à sortir d'ici! »

Penellan joignit l'exemple au conseil et dévora sa portion. Ses compagnons l'imitèrent et burent ensuite une
tasse de café brûlant, ce qui leur remit un peu de courage
au cœur; puis, Jean Cornbutte décida, avec une grande
énergie, que l'on allait tenter immédiatement les moyens
de sauvetage.

Ce fut alors qu'André Vasling fit cette réflexion :

« Si la tempête dure encore, ce qui est probable, il faut
que nous soyons ensevelis à dix pieds sous la glace, car
on n'entend plus aucun bruit au dehors! »

Penellan regarda Marie, qui comprit la vérité, mais ne
trembla pas.

Penellan fit d'abord rougir à la flamme de l'esprit-de-
vin le bout de son bâton ferré, qu'il introduisit successive-
ment dans les quatre murailles de glace, mais il ne trouva
d'issue dans aucune. Jean Cornbutte résolut alors de creuser une ouverture dans la porte même. La glace était tellement dure que les coutelas l'entamaient difficilement.
Les morceaux que l'on parvenait à extraire encombrèrent

bientôt la hutte. Au bout de deux heures de ce travail pénible, la galerie creusée n'avait pas trois pieds de profondeur.

Il fallut donc imaginer un moyen plus rapide et qui fût
moins susceptible d'ébranler la maison, car plus on avançait, plus la glace, devenant dure, nécessitait de violents
efforts pour être entamée. Penellan eut l'idée de se servir
du réchaud à esprit-de-vin pour fondre la glace dans la
direction voulue. C'était un moyen hasardeux, car, si l'em-
prisonnement venait à se prolonger, cet esprit-de-vin, dont
les marins n'avaient qu'une petite quantité, leur ferait défaut au moment de préparer le repas. Néanmoins, ce projet obtint l'assentiment de tous, et il fut mis à exécution.
On creusa préalablement un trou de trois pieds de profondeur sur un pied de diamètre pour recueillir l'eau qui pro-
viendrait de la fonte de la glace, et l'on n'eut pas à se repentir de cette précaution ; en effet, l'eau suinta bientôt
sous l'action du feu, que Penellan promenait à travers la
masse de neige.

L'ouverture se creusa peu à peu ; mais on ne pouvait
continuer longtemps un tel genre de travail, car l'eau, se
répandant sur les vêtements, les perçait de part en part.
Penellan fut obligé de cesser au bout d'un quart d'heure
et de retirer le réchaud pour se sécher lui-même. Misonne
ne tarda pas à prendre sa place, et il n'y mit pas moins
de courage.

20

Au bout de deux heures de travail, bien que la galerie eût déjà cinq pieds de profondeur, le bâton ferré ne put encore trouver d'issue au dehors.

« Il n'est pas possible, dit Jean Cornbutte, que la neige soit tombée avec une telle abondance! Il faut qu'elle ait été amoncelée par le vent sur ce point. Peut-être aurions-nous dû songer à nous échapper par un autre endroit?

— Je ne sais, répondit Penellan ; mais, ne fût-ce que pour ne pas décourager nos compagnons, nous devons continuer à percer le mur dans le même sens. Il est impossible que nous ne trouvions pas une issue!

— L'esprit-de-vin ne manquera-t-il pas? demanda le capitaine.

— J'espère que non, répondit Penellan, mais à la condition, cependant, que nous nous privions de café ou de boissons chaudes! D'ailleurs, ce n'est pas là ce qui m'inquiète le plus.

— Qu'est-ce donc, Penellan? demanda Jean Cornbutte.

— C'est que notre lampe va s'éteindre, faute d'huile, et que nous arrivons à la fin de nos vivres! — Enfin! à la grâce de Dieu! »

Puis, Penellan alla remplacer André Vasling, qui travaillait avec énergie à la délivrance commune.

« Monsieur Vasling, lui dit-il, je vais prendre votre place, mais veillez bien, je vous en prie, à toute menace d'éboulement, pour que nous ayons le temps de la parer ! »

Le moment du repos était arrivé, et, lorsque Penellan eut encore creusé la galerie d'un pied, il revint se coucher près de ses compagnons.

## XI

### UN NUAGE DE FUMÉE

Le lendemain, quand les marins se réveillèrent, une obscurité complète les enveloppait. La lampe s'était éteinte. Jean Cornbutte réveilla Penellan pour lui demander le briquet, que celui-ci lui passa. Penellan se leva pour allumer le réchaud ; mais, en se levant, sa tête heurta contre le plafond de glace. Il fut épouvanté, car, la veille, il pouvait encore se tenir debout. Le réchaud allumé, à la lueur indécise de l'esprit-de-vin, il s'aperçut que le plafond avait baissé d'un pied.

Penellan se remit au travail avec rage.

En ce moment, la jeune fille, aux lueurs que projetait le réchaud sur la figure du timonier, comprit que le désespoir et la volonté luttaient sur sa rude physionomie. Elle vint à lui, lui prit les mains, les serra avec tendresse. Penellan sentit le courage lui revenir.

LE DÉSESPOIR ET LA VOLONTÉ LUTTAIENT.

« Elle ne peut pas mourir ainsi! » s'écria-t-il.

Il reprit son réchaud et se mit de nouveau à ramper dans l'étroite ouverture. Là, d'une main vigoureuse, il enfonça son bâton ferré et ne sentit pas de résistance. Était-il donc arrivé aux couches molles de la neige? Il retira son bâton, et un rayon brillant se précipita dans la maison de glace.

« A moi, mes amis! » s'écria-t-il.

Et, des pieds et des mains, il repoussa la neige; mais la surface extérieure n'était pas dégelée, ainsi qu'il l'avait cru. Avec le rayon de lumière, un froid violent pénétra dans la cabane et en saisit toutes les parties humides, qui se solidifièrent en un moment. Son coutelas aidant, Penellan agrandit l'ouverture et put enfin respirer au grand air. Il tomba à genoux pour remercier Dieu et fut bientôt rejoint par la jeune fille et ses compagnons.

Une lune magnifique éclairait l'atmosphère, dont les marins ne purent supporter le froid rigoureux. Ils rentrèrent; mais, auparavant, Penellan regarda autour de lui. Le promontoire n'était plus là, et la hutte se trouvait au milieu d'une immense plaine de glace. Penellan voulut se diriger du côté du traîneau, où étaient les provisions; le traîneau avait disparu!

La température l'obligea de rentrer. Il ne parla de rien à ses compagnons. Il fallait avant tout sécher les vête-

21

ments, ce qui fut fait avec le réchaud à esprit-de-vin. Le thermomètre, mis un instant à l'air, descendit à trente degrés au-dessous de zéro.

Au bout d'une heure, André Vasling et Penellan résolurent d'affronter l'atmosphère extérieure. Ils s'enveloppèrent dans leurs vêtements encore humides et sortirent par l'ouverture, dont les parois avaient déjà acquis la dureté du roc.

« Nous avons été entraînés dans le nord-est, dit André Vasling, en s'orientant sur les étoiles, qui brillaient d'un éclat extraordinaire.

— Il n'y aurait pas de mal, répondit Penellan, si notre traîneau nous eût accompagnés !

— Le traîneau n'est plus là ? s'écria André Vasling. Mais nous sommes perdus, alors !

— Cherchons, » répondit Penellan.

Ils tournèrent autour de la hutte, qui formait un bloc de plus de quinze pieds de hauteur. Une immense quantité de neige était tombée pendant toute la durée de la tempête, et le vent l'avait accumulée contre la seule élévation que présentât la plaine. Le bloc entier avait été entraîné par le vent, au milieu des glaçons brisés, à plus de vingt-cinq milles au nord-est, et les prisonniers avaient subi le sort de leur prison flottante. Le traîneau, supporté par un autre glaçon, avait dérivé d'un autre côté, sans doute, car on n'en apercevait aucune trace, et les chiens avaient dû succomber dans cette effroyable tempête.

André Vasling et Penellan sentirent se glisser le désespoir dans leur âme. Ils n'osaient rentrer dans la maison de neige ! Ils n'osaient annoncer cette fatale nouvelle à leurs compagnons d'infortune ! Ils gravirent le bloc de glace même dans lequel se trouvait creusée la hutte et n'aperçurent rien que cette immensité blanche qui les entourait de toutes parts. Déjà le froid raidissait leurs membres, et l'humidité de leurs vêtements se transformait en glaçons qui pendaient autour d'eux.

Au moment où Penellan allait descendre le monticule, il jeta un coup d'œil sur André Vasling. Il le vit tout à coup regarder avidement d'un côté, puis tressaillir et pâlir.

« Qu'avez-vous, monsieur Vasling ? lui demanda-t-il.

— Ce n'est rien ! répondit celui-ci. Descendons, et avisons à quitter au plus vite ces parages, que nous n'aurions jamais dû fouler ! »

Mais, au lieu d'obéir, Penellan remonta et porta ses yeux du côté qui avait attiré l'attention du second. Un effet bien différent se produisit en lui, car il poussa un cri de joie et s'écria :

« Dieu soit béni ! »

Une légère fumée s'élevait dans le nord-est. Il n'y avait pas à s'y tromper. Là respiraient des êtres animés. Les cris de joie de Penellan attirèrent ses compagnons, et tous purent se convaincre par leurs yeux que le timonier ne se trompait pas.

Aussitôt, sans s'inquiéter du manque de vivres, sans songer à la rigueur de la température, enveloppés dans leurs capuchons, tous s'avancèrent à grands pas vers l'endroit signalé.

La fumée s'élevait dans le nord-est, et la petite troupe prit précipitamment cette direction. Le but à atteindre se trouvait à cinq ou six milles environ, et il devenait fort difficile de se diriger à coup sûr. La fumée avait disparu, et aucune élévation ne pouvait servir de point de repère, car la plaine de glace était entièrement unie. Il importait, cependant, de ne pas dévier de la ligne droite.

« Puisque nous ne pouvons nous guider sur des objets éloignés, dit Jean Cornbutte, voici le moyen à employer : Penellan va marcher en avant, Vasling à vingt pas derrière lui, moi à vingt pas derrière Vasling. Je pourrai juger alors si Penellan ne s'écarte pas de la ligne droite. »

La marche durait ainsi depuis une demi-heure, quand Penellan s'arrêta soudain, prêtant l'oreille.

Le groupe de marins le rejoignit.

« N'avez-vous rien entendu ? leur demanda-t-il.

— Rien, répondit Misonne.

— C'est singulier! fit Penellan. Il m'a semblé que des cris venaient de ce côté.

— Des cris? répondit la jeune fille. Nous serions donc bien près de notre but!

— Ce n'est pas une raison, répondit André Vasling. Sous ces latitudes élevées et par ces grands froids, le son porte à des distances extraordinaires.

— Quoi qu'il en soit, dit Jean Cornbutte, marchons, sous peine d'être gelés!

— Non! fit Penellan. Écoutez! »

Quelques sons faibles, mais perceptibles cependant, se faisaient entendre. Ces cris paraissaient des cris de douleur et d'angoisse. Ils se renouvelèrent deux fois. On eût dit que quelqu'un appelait au secours. Puis tout retomba dans le silence.

« Je ne me suis pas trompé, dit Penellan. En avant! »

Et il se mit à courir dans la direction de ces cris. Il fit ainsi deux milles environ, et sa stupéfaction fut grande, quand il aperçut un homme couché sur la glace. Il s'approcha de lui, le souleva et leva les bras au ciel avec désespoir.

André Vasling, qui le suivait de près avec le reste des matelots, accourut et s'écria :

C'est un des naufragés! C'est notre matelot Cortrois!

22

— Il est mort, répliqua Penellan, mort de froid! »

Jean Cornbutte et Marie arrivèrent auprès du cadavre, que la glace avait déjà raidi. Le désespoir se peignit sur toutes les figures. Le mort était l'un des compagnons de Louis Cornbutte!

« En avant! » s'écria Penellan.

Ils marchèrent encore pendant une demi-heure, sans mot dire, et ils aperçurent une élévation du sol, qui devait être certainement la terre.

« C'est l'île Shannon! » dit Jean Cornbutte.

Au bout d'un mille, ils aperçurent distinctement une fumée qui s'échappait d'une hutte de neige fermée par une porte en bois. Ils poussèrent des cris. Deux hommes s'élancèrent hors de la hutte, et, parmi eux, Penellan reconnut Pierre Nouquet.

« Pierre! » s'écria-t-il.

Celui-ci demeurait là comme un homme hébété, n'ayant pas conscience de ce qui se passait autour de lui. André Vasling regardait avec une inquiétude mêlée d'une joie cruelle les compagnons de Pierre Nouquet, car il ne reconnaissait pas Louis Cornbutte parmi eux.

« Pierre! C'est moi! s'écria Penellan! Ce sont tous tes amis! »

Pierre Nouquet revint à lui et tomba dans les bras de son vieux compagnon.

« Et mon fils! Et Louis! » cria Jean Cornbutte avec
l'accent du plus profond désespoir.

## XII

### RETOUR AU NAVIRE

A ce moment, un homme, presque mourant, sortant de
la hutte, se traîna sur la glace.

C'était Louis Cornbutte.

« Mon fils!

— Mon fiancé! »

Ces deux cris partirent en même temps, et Louis Cornbutte tomba évanoui entre les bras de son père et de la
jeune fille, qui l'entraînèrent dans la hutte, où leurs soins
le ranimèrent.

« Mon père! Marie! s'écria Louis Cornbutte. Je vous
aurai donc revus avant de mourir!

— Tu ne mourras pas! répondit Penellan, car tous tes
amis sont près de toi! »

Il fallait que André Vasling eût bien de la haine pour
ne pas tendre la main à Louis Cornbutte; mais il ne la
lui tendit pas.

Pierre Nouquet ne se sentait pas de joie. Il embrassait

C'ÉTAIT LOUIS CORNBUTTE.

tout le monde ; puis il jeta du bois dans le poêle, et bientôt une température supportable s'établit dans la cabane.

Là, il y avait encore deux hommes que ni Jean Cornbutte ni Penellan ne connaissaient.

C'étaient Jocki et Herming, les deux seuls matelots norwégiens qui restassent de l'équipage du *Froöern*.

« Mes amis, nous sommes donc sauvés! dit Louis Cornbutte. Mon père! Marie! vous vous êtes exposés à tant de périls !

— Nous ne le regrettons pas, mon Louis, répondit Jean Cornbutte. Ton brick, *la Jeune-Hardie,* est solidement ancré dans les glaces à soixante lieues d'ici. Nous le rejoindrons tous ensemble.

— Quand Cortrois rentrera, dit Pierre Nouquet, il sera fameusement content tout de même! »

Un triste silence suivit cette réflexion, et Penellan apprit à Pierre Nouquet et à Louis Cornbutte la mort de leur compagnon, que le froid avait tué.

« Mes amis, dit Penellan, nous attendrons ici que le froid diminue. Vous avez des vivres et du bois?

— Oui, et nous brûlerons ce qui nous reste du *Froöern!* »

Le *Froöern* avait été entraîné, en effet, à quarante milles de l'endroit où Louis Cornbutte hivernait. Là, il fut brisé par les glaçons qui flottaient au dégel, et les naufragés furent emportés, avec une partie des débris dont était

23

construite leur cabane, sur le rivage méridional de l'île Shannon.

Les naufragés se trouvaient alors au nombre de cinq : Louis Cornbutte, Cortrois, Pierre Nouquet, Jocki et Herming. Quant au reste de l'équipage norwégien, il avait été submergé avec la chaloupe au moment du naufrage.

Dès que Louis Cornbutte, entraîné dans les glaces, vit celles-ci se refermer autour de lui, il prit toutes les précautions pour passer l'hiver. C'était un homme énergique, d'une grande activité comme d'un grand courage; mais, en dépit de sa fermeté, il avait été vaincu par ce climat horrible, et quand son père le retrouva, il ne s'attendait plus qu'à mourir. Il n'avait, d'ailleurs, pas à lutter seulement contre les éléments, mais contre le mauvais vouloir des deux matelots norwégiens, qui lui devaient la vie cependant. C'étaient deux sortes de sauvages, à peu près inaccessibles aux sentiments les plus naturels. Aussi, quand Louis Cornbutte eut occasion d'entretenir Penellan, il lui recommanda de s'en défier particulièrement. En retour, Penellan le mit au courant de la conduite d'André Vasling. Louis Cornbutte ne put y croire; mais Penellan lui prouva que, depuis sa disparition, André Vasling avait toujours agi de manière à s'assurer la main de la jeune fille.

Toute cette journée fut employée au repos et au plaisir

de se revoir. Fidèle Misonne et Pierre Nouquet tuèrent quelques oiseaux de mer, près de la maison, dont il n'était pas prudent de s'écarter. Ces vivres frais et le feu qui fut activé rendirent de la force aux plus malades. Louis Cornbutte lui-même éprouva un mieux sensible. C'était le premier moment de plaisir qu'éprouvaient ces braves gens. Aussi le fêtèrent-ils avec entrain, dans cette misérable cabane, à six cents lieues dans les mers du Nord, par un froid de trente degrés au-dessous de zéro !

Cette température dura jusqu'à la fin de la lune, et ce ne fut que vers le 17 novembre, huit jours après leur réunion, que Jean Cornbutte et ses compagnons purent songer au départ. Ils n'avaient plus que la lueur des étoiles pour se guider, mais le froid était moins vif, et il tomba même un peu de neige.

Avant de quitter ce lieu, on creusa une tombe au pauvre Cortrois. Triste cérémonie, qui affecta vivement ses compagnons ! C'était le premier d'entre eux qui ne devait pas revoir son pays.

Misonne avait construit avec les planches de la cabane une sorte de traîneau destiné au transport des provisions, et les matelots le traînèrent tour à tour. Jean Cornbutte dirigea la marche par les chemins déjà parcourus. Les campements s'organisaient, à l'heure du repos, avec une grande promptitude. Jean Cornbutte espérait retrouver ses dépôts de provisions, qui devenaient presque indispensables avec ce surcroît de quatre personnes. Aussi chercha-t-il à ne pas s'écarter de sa route.

Par un bonheur providentiel, il fut remis en possession de son traîneau, qui s'était échoué près du promontoire où tous avaient couru tant de dangers. Les chiens, après avoir mangé leurs courroies pour satisfaire leur faim, s'étaient attaqués aux provisions du traîneau. C'était ce qui les avait retenus, et ce furent eux-mêmes qui guidèrent la troupe vers le traîneau, où les vivres étaient encore en grande quantité.

La petite troupe reprit sa route vers la baie d'hivernage. Les chiens furent attelés au traîneau, et aucun incident ne signala l'expédition.

On constata seulement qu'Aupic, André Vasling et les Norwégiens se tenaient à l'écart et ne se mêlaient pas à leurs compagnons ; mais, sans le savoir, ils étaient surveillés de près. Néanmoins, ce germe de dissension jeta plus d'une fois la terreur dans l'âme de Louis Cornbutte et de Penellan.

Vers le 7 décembre, vingt jours après leur réunion, ils aperçurent la baie où hivernait *la Jeune-Hardie*. Quel fut leur étonnement en apercevant le brick juché à près de quatre mètres en l'air sur des blocs de glace ! Ils coururent, fort inquiets de leurs compagnons, et ils furent reçus avec

des cris de joie par Gervique, Turquiette et Gradlin. Tous
étaient en bonne santé, et cependant ils avaient couru,
eux aussi, les plus grands dangers.

La tempête s'était fait ressentir dans toute la mer polaire. Les glaces avaient été brisées et déplacées, et glis-
sant les unes sous les autres, elles avaient saisi le lit sur
lequel reposait le navire. Leur pesanteur spécifique tendant
à les ramener au-dessus de l'eau, elles avaient acquis une
puissance incalculable, et le brick s'était trouvé soudain
élevé hors des limites de la mer.

Les premiers moments furent donnés à la joie du retour.
Les marins de l'exploration se réjouissaient de trouver toutes
les choses en bon état, ce qui leur assurait un hiver rude,
sans doute, mais enfin supportable. L'exhaussement du navire ne l'avait pas ébranlé, et il était parfaitement solide.
Lorsque la saison du dégel serait venue, il n'y aurait plus
qu'à le faire glisser sur un plan incliné, à le lancer, en un
mot, dans la mer redevenue libre.

Mais une mauvaise nouvelle assombrit le visage de Jean
Cornbutte et de ses compagnons. Pendant la terrible bourrasque, le magasin de neige construit sur la côte avait
été entièrement brisé ; les vivres qu'il renfermait étaient
dispersés, et il n'avait pas été possible d'en sauver la
moindre partie. Dès que ce malheur leur fut appris, Jean
et Louis Cornbutte visitèrent la cale et la cambuse du brick,

pour savoir à quoi s'en tenir sur ce qui restait de provisions.

Le dégel ne devait arriver qu'avec le mois de mai, et le brick ne pouvait quitter la baie d'hivernage avant cette époque. C'était donc cinq mois d'hiver qu'il fallait passer au milieu des glaces, pendant lesquels quatorze personnes devaient être nourries. Calculs et comptes faits, Jean Cornbutte comprit qu'il atteindrait tout au plus le moment du départ, en mettant tout le monde à la demi-ration. La chasse devint donc obligatoire pour procurer de la nourriture en plus grande abondance.

De crainte que ce malheur ne se renouvelât, on résolut de ne plus déposer de provisions à terre. Tout demeura à bord du brick, et on disposa également des lits pour les nouveaux arrivants dans le logement commun des matelots. Turquiette, Gervique et Gradlin, pendant l'absence de leurs compagnons, avaient creusé un escalier dans la glace qui permettait d'arriver sans peine au pont du navire.

## XIII

### LES DEUX RIVAUX

André Vasling s'était pris d'amitié pour les deux matelots norwégiens. Aupic faisait aussi partie de leur bande, qui se tenait généralement à l'écart, désapprouvant hautement toutes les nouvelles mesures ; mais Louis Cornbutte, auquel son père avait remis le commandement du brick, redevenu maître à son bord, n'entendait pas raison sur ce chapitre-là, et, malgré les conseils de Marie, qui l'engageait à user de douceur, il fit savoir qu'il voulait être obéi en tous points.

Néanmoins, les deux Norwégiens parvinrent, deux jours après, à s'emparer d'une caisse de viande salée. Louis Cornbutte exigea qu'elle lui fût rendue sur-le-champ ; mais Aupic prit fait et cause pour eux, et André Vasling fit même entendre que les mesures touchant la nourriture ne pouvaient durer plus longtemps.

Il n'y avait pas à prouver à ces malheureux que l'on agissait dans l'intérêt commun, car ils le savaient, et ils ne cherchaient qu'un prétexte pour se révolter. Penellan s'avança vers les deux Norwégiens, qui tirèrent leurs coutelas ;

PENELLLAN S'AVANÇA VERS LES DEUX NORWÉGIENS.

mais, secondé par Misonne et Turquiette, il parvint à les
leur arracher des mains, et il reprit la caisse de viande salée. André Vasling et Aupic, voyant que l'affaire tournait
contre eux, ne s'en mêlèrent aucunement. Néanmoins, Louis
Cornbutte prit le second en particulier et lui dit :

« André Vasling, vous êtes un misérable. Je connais
toute votre conduite, et je sais à quoi tendent vos menées ;
mais, comme le salut de tout l'équipage m'est confié, si
quelqu'un de vous songe à conspirer sa perte, je le poignarde
de ma main !

— Louis Cornbutte, répondit le second, il vous est loisible
de faire de l'autorité, mais rappelez-vous que l'obéissance
hiérarchique n'existe plus ici, et que seul le plus fort
fait la loi ! »

La jeune fille n'avait jamais tremblé devant les dangers
des mers polaires ; mais elle eut peur de cette haine dont
elle était la cause, et l'énergie de Louis Cornbutte put à
peine la rassurer.

Malgré cette déclaration de guerre, les repas se prirent
aux mêmes heures et en commun. La chasse fournit encore
quelques ptarmigans et quelques lièvres blancs ; mais, avec
les grands froids qui approchaient, cette ressource allait
encore manquer. Ces froids commencèrent au solstice, le
22 décembre, jour auquel le thermomètre tomba à trente-
cinq degrés au-dessous de zéro. Les hiverneurs éprouvè-

25

rent des douleurs dans les oreilles, dans le nez, dans toutes les extrémités du corps ; ils furent pris d'une torpeur mortelle, mêlée de maux de tête, et leur respiration devint de plus en plus difficile.

Dans cet état, ils n'avaient plus le courage de sortir pour chasser, ou pour prendre quelque exercice. Ils demeuraient accroupis autour du poêle, qui ne leur donnait qu'une chaleur insuffisante, et, dès qu'ils s'en éloignaient un peu, ils sentaient leur sang se refroidir subitement.

Jean Cornbutte vit sa santé gravement compromise, et il ne pouvait déjà plus quitter son logement. Des symptômes prochains de scorbut se manifestèrent en lui ; ses jambes se couvrirent de taches blanchâtres. La jeune fille se portait bien et s'occupait de soigner les malades avec l'empressement d'une sœur de charité. Aussi tous ces braves marins la bénissaient-ils du fond du cœur.

Le 1ᵉʳ janvier fut l'un des plus tristes jours de l'hivernage. Le vent était violent et le froid insupportable. On ne pouvait sortir sans s'exposer à être gelé. Les plus courageux devaient se borner à se promener sur le pont abrité par la tente. Jean Cornbutte, Gervique et Gradlin ne quittèrent pas leur lit. Les deux Norwégiens, Aupic et André Vasling, dont la santé se soutenait, jetaient des regards farouches sur leurs compagnons, qu'ils voyaient dépérir.

Louis Cornbutte emmena Penellan sur le pont et lui

demanda où en étaient les provisions de combustible.

« Le charbon est épuisé depuis longtemps, répondit Penellan, et nous allons brûler nos derniers morceaux de bois !

— Si nous n'arrivons pas à combattre ce froid, dit Louis Cornbutte, nous sommes perdus !

— Il nous reste un moyen, répliqua Penellan, c'est de brûler ce que nous pourrons de notre brick, depuis les bastingages jusqu'à la flottaison, et même, au besoin, nous pouvons le démolir en entier et reconstruire un plus petit navire.

— C'est un moyen extrême, répondit Louis Cornbutte, et qu'il sera toujours temps d'employer quand nos hommes seront valides, car, dit-il à voix basse, nos forces diminuent, et celles de nos ennemis semblent augmenter. C'est même assez extraordinaire !

— C'est vrai, fit Penellan, et sans la précaution que nous avons de veiller nuit et jour, je ne sais ce qui nous arriverait.

— Prenons nos haches, dit Louis Cornbutte, et faisons notre récolte de bois. »

Malgré le froid, tous deux montèrent sur les bastingages de l'avant, et ils abattirent tout le bois qui n'était pas d'une indispensable utilité pour le navire. Puis ils revinrent avec cette provision nouvelle. Le poêle fut bourré de nouveau, et un homme resta de garde pour l'empêcher de s'éteindre.

Cependant, Louis Cornbutte et ses amis furent bientôt sur les dents. Ils ne pouvaient confier aucun détail de la vie commune à leurs ennemis. Chargés de tous les soins domestiques, ils sentirent bientôt leurs forces s'épuiser. Le scorbut se déclara chez Jean Cornbutte, qui souffrit d'intolérables douleurs. Gervique et Gradlin commencèrent à être pris également. Sans la provision de jus de citron, dont ils étaient abondamment fournis, ces malheureux auraient promptement succombé à leurs souffrances. Aussi ne leur épargna-t-on pas ce remède souverain.

Mais un jour, le 15 janvier, lorsque Louis Cornbutte descendit à la cambuse pour renouveler ses provisions de citrons, il demeura stupéfait en voyant que les barils où ils étaient renfermés avaient disparu. Il remonta près de Penellan et lui fit part de ce nouveau malheur. Un vol avait été commis, et les auteurs étaient faciles à reconnaître. Louis Cornbutte comprit alors pourquoi la santé de ses ennemis se soutenait! Les siens n'étaient plus en force maintenant pour leur arracher ces provisions, d'où dépendaient sa vie et celle de ses compagnons, et il demeura plongé, pour la première fois, dans un morne désespoir!

## XIV

### DÉTRESSE

Le 20 janvier, la plupart de ces infortunés ne se sentirent pas la force de quitter leur lit. Chacun d'eux, indépendamment de ses couvertures de laine, avait une peau de buffle qui le protégeait contre le froid ; mais, dès qu'il essayait de mettre le bras à l'air, il éprouvait une douleur telle qu'il lui fallait le rentrer aussitôt.

Cependant, Louis Cornbutte ayant allumé le poêle, Penellan, Misonne, André Vasling sortirent de leur lit et vinrent s'accroupir autour du feu. Penellan prépara du café brûlant, et leur rendit quelque force, ainsi qu'à Marie, qui vint partager leur repas.

Louis Cornbutte s'approcha alors du lit de son père, qui était presque sans mouvement et dont les jambes étaient brisées par la maladie. Le vieux marin murmurait quelques mots sans suite, qui déchiraient le cœur de son fils.

« Louis ! disait-il, je vais mourir !... Oh que je souffre !... Sauve-moi ! »

26

Louis Cornbutte prit une résolution décisive. Il revint vers le second et lui dit, en se contenant à peine :

« Savez-vous où sont les citrons, Vasling?

— Dans la cambuse, je suppose, répondit le second sans se déranger.

— Vous savez bien qu'ils n'y sont plus, puisque vous les avez volés!

— Vous êtes le maître, Louis Cornbutte, répondit ironiquement André Vasling, et il vous est permis de tout dire et de tout faire!

— Par pitié, Vasling, mon père se meurt! Vous pouvez le sauver! Répondez!

— Je n'ai rien à répondre, répondit André Vasling.

— Misérable! s'écria Penellan en se jetant sur le second, son coutelas à la main.

— A moi, les miens! » s'écria André Vasling en reculant.

Aupic et les deux matelots norwégiens sautèrent à bas de leur lit et se rangèrent derrière lui. Misonne, Turquiette, Penellan et Louis se préparèrent à se défendre. Pierre Nouquet et Gradlin, quoique bien souffrants, se levèrent pour les seconder.

« Vous êtes encore trop forts pour nous! dit alors André Vasling. Nous ne voulons nous battre qu'à coup sûr! »

Les marins étaient si affaiblis, qu'ils n'osèrent pas se

précipiter sur ces quatre misérables, car, en cas d'échec, ils eussent été perdus.

« André Vasling, dit Louis Cornbutte d'une voix sombre, si mon père meurt, tu l'auras tué, et moi je te tuerai comme un chien ! »

André Vasling et ses complices se retirèrent à l'autre bout du logement et ne répondirent pas.

Il fallut alors renouveler la provision de bois, et malgré le froid, Louis Cornbutte monta sur le pont et se mit à couper une partie des bastingages du brick ; mais il fut forcé de rentrer au bout d'un quart d'heure, car il risquait de tomber foudroyé par le froid. En passant, il jeta un coup d'œil sur le thermomètre extérieur et vit le mercure gelé. Le froid avait donc dépassé quarante-deux degrés au-dessous de zéro. Le temps était sec et clair, et le vent soufflait du nord.

Le 26, le vent changea, il vint du nord-est, et le thermomètre marqua extérieurement trente-cinq degrés. Jean Cornbutte était à l'agonie, et son fils avait cherché vainement quelque remède à ses douleurs. Ce jour-là, cependant, se jetant à l'improviste sur André Vasling, il parvint à lui arracher un citron que celui-ci s'apprêtait à sucer. André Vasling ne fit pas un pas pour le reprendre. Il semblait qu'il attendît l'occasion d'accomplir ses odieux projets.

Le jus de ce citron rendit quelque force à Jean Cornbutte, mais il aurait fallu continuer ce remède. La jeune
fille alla supplier à genoux André Vasling, qui ne lui répondit pas, et Penellan entendit bientôt le misérable dire
à ses compagnons :

« Le vieux est moribond ! Gervique, Gradlin et Pierre
Nouquet ne valent guère mieux ! Les autres perdent leurs
forces de jour en jour ! Le moment approche où leur vie
nous appartiendra ! »

Il fut alors résolu entre Louis Cornbutte et ses compagnons de ne plus attendre et de profiter du peu de forces
qui leur restait. Ils résolurent d'agir dans la nuit sui-
vante et de tuer ces misérables pour n'être pas tués par
eux.

La température s'était élevée un peu. Louis Cornbutte
se hasarda à sortir avec son fusil pour rapporter quelque
gibier.

Il s'écarta d'environ trois milles du navire, et, souvent
trompé par des effets de mirage ou de réfraction, il s'éloigna
plus qu'il ne voulait. C'était imprudent, car des traces
récentes d'animaux féroces se montraient sur le sol. Louis
Cornbutte ne voulut cependant pas revenir sans rapporter
quelque viande fraîche, et il continua sa route ; mais il
éprouvait alors un sentiment singulier, qui lui tournait la
tête. C'était ce qu'on appelle « le vertige du blanc. »

IL NE LUI RÉPONDIT PAS.

27

En effet, la réflexion des monticules de glaces et de la plaine le saisissait de la tête aux pieds, et il lui semblait que cette couleur le pénétrait et lui causait un affadissement irrésistible. Son œil en était imprégné, son regard dévié. Il crut qu'il allait devenir fou de blancheur. Sans se rendre compte de cet effet terrible, il continua sa marche et ne tarda pas à faire lever un ptarmigan, qu'il poursuivit avec ardeur. L'oiseau tomba bientôt, et, pour aller le prendre, Louis Cornbutte, sautant d'un glaçon sur la plaine, tomba lourdement, car il avait fait un saut de dix pieds lorsque la réfraction lui faisait croire qu'il n'en avait que deux à franchir. Le vertige le saisit alors, et, sans savoir pourquoi, il se mit à appeler au secours pendant quelques minutes, bien qu'il ne se fût rien brisé dans sa chute. Le froid commençant à l'envahir, il revint au sentiment de sa conservation et se releva péniblement.

Soudain, sans qu'il pût s'en rendre compte, une odeur de graisse brûlée saisit son odorat. Comme il était sous le vent du navire, il supposa que cette odeur venait de là, et il ne comprit pas dans quel but on brûlait cette graisse, car c'était fort dangereux, puisque cette émanation pouvait attirer des bandes d'ours blancs.

Louis Cornbutte reprit donc le chemin du brick, en proie à une préoccupation qui, dans son esprit surexcité, dégénéra bientôt en terreur. Il lui sembla que des masses colossales se mouvaient à l'horizon, et il se demanda s'il n'y avait pas encore quelque tremblement de glaces. Plusieurs de ces masses s'interposèrent entre le navire et lui, et il lui parut qu'elles s'élevaient sur les flancs du brick. Il s'arrêta pour les considérer plus attentivement, et sa terreur fut extrême, quand il reconnut une bande d'ours gigantesques.

Ces animaux avaient été attirés par cette odeur de graisse qui avait surpris Louis Cornbutte. Celui-ci s'abrita derrière un monticule, et il en compta trois qui ne tardèrent pas à escalader les blocs de glace sur lesquels reposait *la Jeune-Hardie*.

Rien ne parut lui faire supposer que ce danger fût connu à l'intérieur du navire, et une terrible angoisse lui serra le cœur. Comment s'opposer à ces ennemis redoutables? André Vasling et ses compagnons se réuniraient-ils à tous les hommes du bord dans ce danger commun? Penellan et les autres, à demi privés de nourriture, engourdis par le froid, pourraient-ils résister à ces bêtes redoutables, qu'excitait une faim inassouvie? Ne seraient-ils pas surpris, d'ailleurs, par une attaque imprévue?

Louis Cornbutte fit en un instant ces réflexions. Les ours avaient gravi les glaçons et montaient à l'assaut du navire. Louis Cornbutte put alors quitter le bloc qui le protégeait; il s'approcha en rampant sur la glace, et bientôt il put voir les énormes animaux déchirer la tente avec leurs griffes et sauter sur le pont. Louis Cornbutte pensa à tirer un coup de fusil pour avertir ses compagnons ; mais si ceux-ci montaient sans être armés, ils seraient inévitablement mis en pièces, et rien n'indiquait qu'ils eussent connaissance de ce nouveau danger !

## XV

### LES OURS BLANCS

Après le départ de Louis Cornbutte, Penellan avait soigneusement fermé la porte du logement, qui s'ouvrait au bas de l'escalier du pont. Il revint près du poêle, qu'il se chargea de garder, pendant que ses compagnons regagnaient leur lit pour y retrouver un peu de chaleur.

Il était alors six heures du soir, et Penellan se mit à préparer le souper. Il descendit à la cambuse pour chercher de la viande salée, qu'il voulait faire amollir dans l'eau bouillante. Quand il remonta, il trouva sa place prise par André Vasling, qui avait mis des morceaux de graisse à cuire dans la bassine.

« J'étais là avant vous, dit brusquement Penellan à André Vasling. Pourquoi avez-vous pris ma place ?

— Par la raison qui vous fait la réclamer, répondit André Vasling, parce que j'ai besoin de faire cuire mon souper !

— Vous enlèverez cela tout de suite, répliqua Penellan, ou nous verrons !

— Nous ne verrons rien, répondit André Vasling, et ce souper cuira malgré vous !

— Vous n'y goûterez donc pas ! » s'écria Penellan, en s'élançant sur André Vasling, qui saisit son coutelas, en s'écriant :

« A moi, les Norwégiens ! à moi, Aupic ! »

Ceux-ci, en un clin d'œil, furent sur pied, armés de pistolets et de poignards. Le coup était préparé.

Penellan se précipita sur André Vasling, qui s'était sans doute donné le rôle de le combattre tout seul, car ses compagnons coururent aux lits de Misonne, de Turquiette et de Pierre Nouquet. Ce dernier, sans défense, accablé par la maladie, était livré à la férocité d'Herming. Le charpentier, lui, saisit une hache, et, quittant son lit, il se jeta à la rencontre d'Aupic. Turquiette et le Norwégien Jocki luttaient avec acharnement. Gervique et Gradlin, en proie à d'atroces souffrances, n'avaient même pas conscience de ce qui se passait auprès d'eux.

Pierre Nouquet reçut bientôt un coup de poignard dans le côté, et Herming revint sur Penellan, qui se battait avec rage. André Vasling l'avait saisi à bras-le-corps.

28

Mais, dès le commencement de la lutte, la bassine avait été renversée sur le fourneau, et la graisse, se répandant sur les charbons ardents, imprégnait l'atmosphère d'une odeur infecte. Marie se leva en poussant des cris de désespoir, et se précipita vers le lit où râlait le vieux Jean Cornbutte.

André Vasling, moins vigoureux que Penellan, sentit bientôt ses bras repoussés par ceux du timonier. Ils étaient trop près l'un de l'autre pour pouvoir faire usage de leurs armes. Le second, apercevant Herming, s'écria :

« A moi ! Herming !

— A moi ! Misonne ! » cria Penellan à son tour.

Mais Misonne se roulait à terre avec Aupic, qui cherchait à le percer de son coutelas. La hache du charpentier était une arme peu favorable à sa défense, car il ne pouvait la manœuvrer, et il avait toutes les peines du monde à parer les coups de poignard qu'Aupic lui portait.

Cependant, le sang coulait au milieu des rugissements et des cris. Turquiette, terrassé par Jocki, homme d'une force peu commune, avait reçu un coup de poignard à l'épaule, et il cherchait en vain à saisir un pistolet passé à la ceinture du Norwégien. Celui-ci l'étreignait comme dans un étau, et aucun mouvement ne lui était possible.

Au cri d'André Vasling, que Penellan acculait contre la porte d'entrée, Herming accourut. Au moment où il

MARIE SE PRÉCIPITA VERS LE LIT...

allait porter un coup de coutelas dans le dos du Breton, celui-ci, d'un coup de pied vigoureux, l'étendit à terre. L'effort qu'il fit permit à André Vasling de dégager son bras droit des étreintes de Penellan ; mais la porte d'entrée, sur laquelle ils pesaient de tout leur poids, se défonça subitement, et André Vasling tomba à la renverse.

Soudain, un rugissement terrible éclata, et un ours gigantesque apparut sur les marches de l'escalier. André Vasling l'aperçut le premier. Il n'était pas à quatre pieds de lui. Au même moment, une détonation se fit entendre, et l'ours, blessé ou effrayé, rebroussa chemin. André Vasling, qui était parvenu à se relever, se mit à sa poursuite, abandonnant Penellan.

Le timonier replaça alors la porte défoncée et regarda autour de lui. Misonne et Turquiette, étroitement garrottés par leurs ennemis, avaient été jetés dans un coin et faisaient de vains efforts pour rompre leurs liens. Penellan se précipita à leur secours, mais il fut renversé par les deux Norwégiens et Aupic. Ses forces épuisées ne lui permirent pas de résister à ces trois hommes, qui l'attachèrent de façon à lui interdire tout mouvement. Puis, aux cris du second, ceux-ci s'élancèrent sur le pont, croyant avoir affaire à Louis Cornbutte.

Là, André Vasling se débattait contre un ours, auquel il avait porté deux coups de poignard. L'animal, frap-

pant l'air de ses pattes formidables, cherchait à atteindre
Vasling. Celui-ci, peu à peu acculé contre le bastingage,
était perdu, quand une seconde détonation retentit. L'ours
tomba. André Vasling leva la tête et aperçut Louis Cornbutte dans les enfléchures du mât de misaine, le fusil
à la main. Louis Cornbutte avait visé l'ours au cœur, et
l'ours était mort.

La haine domina la reconnaissance dans le cœur de
Vasling ; mais, avant de la satisfaire, il regarda autour
de lui. Aupic avait eu la tête brisée d'un coup de patte,
et gisait sans vie sur le pont. Jocki, une hache à la main,
parait, non sans peine, les coups que lui portait ce second
ours, qui venait de tuer Aupic. L'animal avait reçu deux
coups de poignard, et cependant il se battait avec acharnement. Un troisième ours se dirigeait vers l'avant du
navire.

André Vasling ne s'en occupa donc pas, et, suivi d'Herming, il vint au secours de Jocki ; mais Jocki, saisi entre les pattes de l'ours, fut broyé, et quand l'animal
tomba sous les coups d'André Vasling et d'Herming,
qui déchargèrent sur lui leurs pistolets, il ne tenait plus
qu'un cadavre entre ses pattes.

« Nous ne sommes plus que deux, dit André Vasling
d'un air sombre et farouche ; mais, si nous succombons, ce
ne sera pas sans vengeance ! »

29

Herming rechargea son pistolet, sans répondre. Avant tout, il fallait se débarrasser du troisième ours. André Vasling regarda du côté de l'avant et ne le vit pas. En levant les yeux, il l'aperçut debout sur le bastingage et grimpant déjà aux enfléchures pour atteindre Louis Cornbutte. André Vasling laissa tomber son fusil, qu'il dirigeait sur l'animal, et une joie féroce se peignit dans ses yeux.

« Ah ! s'écria-t-il, tu me dois bien cette vengeance-là ! »

Cependant Louis Cornbutte s'était réfugié dans la hune de misaine. L'ours montait toujours, et il n'était plus qu'à six pieds de Louis, quand celui-ci épaula son fusil et visa l'animal au cœur.

De son côté, André Vasling épaula le sien pour frapper Louis si l'ours tombait.

Louis Cornbutte tira, mais il ne parut pas que l'ours eût été touché, car il s'élança d'un bond sur la hune. Tout le mât en tressaillit.

André Vasling poussa un cri de joie.

« Herming ! cria-t-il au matelot norwégien, va me chercher Marie ! Va me chercher ma fiancée ! »

Herming descendit l'escalier du logement.

Cependant, l'animal furieux s'était précipité sur Louis Cornbutte, qui chercha un abri de l'autre côté du mât ; mais, au moment où sa patte énorme s'abattait pour lui

briser la tête, Louis Cornbutte, saisissant l'un des galhau-
bans, se laissa glisser jusqu'à terre, non pas sans danger,
car, à moitié chemin, une balle siffla à ses oreilles. André
Vasling venait de tirer sur lui et l'avait manqué. Les
deux adversaires se retrouvèrent donc en face l'un de
l'autre, le coutelas à la main.

Ce combat devait être décisif. Pour assouvir pleinement
sa vengeance, pour faire assister la jeune fille à la mort
de son fiancé, André Vasling s'était privé du secours
d'Herming. Il ne devait donc plus compter que sur lui-
même.

Louis Cornbutte et André Vasling se saisirent chacun
au collet, et se tinrent de façon à ne pouvoir plus reculer. Des deux l'un devait tomber mort. Ils se portèrent
de violents coups, qu'ils ne parèrent qu'à demi, car le
sang coula bientôt de part et d'autre. André Vasling
cherchait à jeter son bras droit autour du cou de son
adversaire pour le terrasser. Louis Cornbutte, sachant que
celui qui tomberait était perdu, le prévint, et il parvint
à le saisir des deux bras ; mais, dans ce mouvement,
son poignard lui échappa de la main.

Des cris affreux arrivèrent en ce moment à son oreille.
C'était la voix de Marie, qu'Herming voulait entraîner.
La rage prit Louis Cornbutte au cœur ; il se raidit pour
faire plier les reins d'André Vasling ; mais, à ce moment,

les deux adversaires se sentirent saisis tous les deux dans une étreinte puissante.

L'ours, descendu de la hune de misaine, s'était précipité sur ces deux hommes.

André Vasling était appuyé contre le corps de l'animal. Louis Cornbutte sentait les griffes du monstre lui entrer dans les chairs. L'ours les étreignait tous deux.

« A moi ! à moi ! Herming ! put crier le second.

— A moi ! Penellan ! » s'écria Louis Cornbutte.

Des pas se firent entendre sur l'escalier. Penellan parut, arma son pistolet et le déchargea dans l'oreille de l'animal. Celui-ci poussa un rugissement. La douleur lui fit ouvrir un instant les pattes, et Louis Cornbutte, épuisé, glissa sans mouvement sur le pont ; mais l'animal, les refermant avec force dans une suprême agonie, tomba en entraînant le misérable André Vasling, dont le cadavre fut broyé sous lui.

Penellan se précipita au secours de Louis Cornbutte. Aucune blessure grave ne mettait sa vie en danger, et le souffle seul lui avait manqué un moment.

« Marie !... dit-il en ouvrant les yeux.

— Sauvée ! répondit le timonier. Herming est étendu là, avec un coup de poignard au ventre !

— Et ces ours ?...

— Morts, Louis, morts comme nos ennemis ! Mais on

L'OURS LES ÉTREIGNAIT TOUS DEUX.

peut dire que, sans ces bêtes-là, nous étions perdus ! Vraiment ! ils sont venus à notre secours ! Remercions donc la la Providence ! »

Louis Cornbutte et Penellan descendirent dans le logement, et Marie se précipita dans leurs bras.

## XVI

### CONCLUSION

Herming, mortellement blessé, avait été transporté sur un lit par Misonne et Turquiette, qui étaient parvenus à briser leurs liens. Ce misérable râlait déjà, et les deux marins s'occupèrent de Pierre Nouquet, dont la blessure n'offrit heureusement pas de gravité.

Mais un plus grand malheur devait frapper Louis Cornbutte. Son père ne donnait plus aucun signe de vie. Était-il mort avec l'anxiété de voir son fils livré à ses ennemis ? Avait-il succombé avant cette terrible scène ? On ne sait. Mais le pauvre vieux marin, brisé par la maladie, avait cessé de vivre !

A ce coup inattendu, Louis Cornbutte et Marie tombèrent dans un désespoir profond, puis ils s'agenouillèrent près du lit et pleurèrent en priant pour l'âme de Jean Cornbutte.

Penellan, Misonne et Turquiette les laissèrent seuls dans cette chambre et remontèrent sur le pont. Les cadavres des trois ours furent tirés à l'avant. Penellan résolut de garder leur fourrure, qui devait être d'une grande utilité ; mais il ne pensa pas un seul moment à manger leur chair. D'ailleurs, le nombre des hommes à nourrir était bien diminué maintenant. Les cadavres d'André Vasling, d'Aupic et de Jocki, jetés dans une fosse creusée sur la côte, furent bientôt rejoints par celui d'Herming. Le Norwégien mourut dans la nuit sans repentir ni remords, l'écume de la rage à la bouche.

Les trois marins réparèrent la tente, qui, crevée en plusieurs endroits, laissait la neige tomber sur le pont. La température était excessivement froide et dura ainsi jusqu'au retour du soleil, qui ne reparut au-dessus de l'horizon que le 8 janvier.

Jean Cornbutte fut enseveli sur cette côte. Il avait quitté son pays pour retrouver son fils, et il était venu mourir sous ce climat affreux ! Sa tombe fut creusée sur une hauteur, et les marins y plantèrent une simple croix de bois.

Depuis ce jour, Louis Cornbutte et ses compagnons passèrent encore par de cruelles épreuves ; mais les citrons, qu'ils avaient retrouvés, leur rendirent la santé.

Gervique, Gradlin et Pierre Nouquet purent se lever, une quinzaine de jours après ces terribles événements, et prendre un peu d'exercice.

Bientôt, la chasse devint plus facile et plus abondante. Les oiseaux aquatiques revenaient en grand nombre. On tua souvent une sorte de canard sauvage, qui procura une nourriture excellente. Les chasseurs n'eurent à déplorer d'autre perte que celle de deux de leurs chiens, qu'ils perdirent dans une entreprise pour reconnaître, à vingt-cinq milles dans le sud, l'état de la plaine de glace.

Le mois de février fut signalé par de violentes tempêtes et des neiges abondantes. La température moyenne fut encore de vingt-cinq degrés au-dessous de zéro, mais les hiverneurs n'en souffrirent pas, par comparaison. D'ailleurs, la vue du soleil, qui s'élevait de plus en plus au-dessus de l'horizon, les réjouissait, en leur annonçant la fin de leurs tourments. Il faut croire aussi que le Ciel eut pitié d'eux, car la chaleur fut précoce cette année. Dès le mois de mars, quelques corbeaux furent aperçus, voltigeant autour du navire. Louis Cornbutte captura des grues qui avaient poussé jusque-là leurs pérégrinations septentrionales. Des bandes d'oies sauvages se laissèrent aussi entrevoir dans le sud.

Ce retour des oiseaux indiquait une diminution du froid. Cependant, il ne fallait pas trop s'y fier, car, avec un changement de vent, ou dans les nouvelles ou pleines lunes, la température s'abaissait subitement, et les marins étaient forcés de recourir à leurs précautions les plus grandes pour se prémunir contre elle. Ils avaient déjà brûlé tous les bastingages du navire pour se chauffer, les cloisons du rouffle qu'ils n'habitaient pas, et une grande partie du faux pont. Il était donc temps que cet hivernage finît. Heureusement, la moyenne de mars ne fut pas plus de seize degrés au-dessous de zéro. Marie s'occupa de préparer de nouveaux vêtements pour cette précoce saison de l'été.

Depuis l'équinoxe, le soleil s'était constamment maintenu au-dessus de l'horizon. Les huit mois de jour avaient commencé. Cette clarté perpétuelle et cette chaleur incessante, quoique excessivement faibles, ne tardèrent pas à agir sur les glaces.

Il fallait prendre de grandes précautions pour lancer *la Jeune-Hardie* du haut lit de glaçons qui l'entourait. Le navire fut en conséquence solidement étayé, et il parut convenable d'attendre que les glaces fussent brisées par la débâcle; mais les glaçons inférieurs, reposant dans une couche d'eau déjà plus chaude, se détachèrent peu à peu, et le brick redescendit insensiblement. Vers les premiers jours d'avril, il avait repris son niveau naturel.

Avec le mois d'avril vinrent des pluies torrentielles, qui, répandues à flots sur la plaine de glace, hâtèrent

31

encore sa décomposition. Le thermomètre remonta à dix degrés au-dessous de zéro. Quelques hommes ôtèrent leurs vêtements de peaux de phoque, et il ne fut plus nécessaire d'entretenir un poêle jour et nuit dans le logement. La provision d'esprit-de-vin, qui n'était pas épuisée, ne fut plus employée que pour la cuisson des aliments.

Bientôt, les glaces commencèrent à se briser avec de sourds craquements. Les crevasses se formaient avec une grande rapidité, et il devenait imprudent de s'avancer sur la plaine, sans un bâton pour sonder les passages, car des fissures serpentaient çà et là. Il arriva même que plusieurs marins tombèrent dans l'eau, mais ils en furent quittes pour un bain encore un peu froid.

Les phoques revinrent à cette époque, et on leur donna souvent la chasse, leur graisse devant être utilisée.

La santé de tous demeurait excellente. Le temps était rempli par les préparatifs de départ et par les chasses. Louis Cornbutte allait souvent étudier les passes, et, d'après la configuration de la côte méridionale, il résolut de tenter le passage plus au sud. Déjà la débâcle s'était produite dans différents endroits, où quelques glaçons flottants se dirigeaient vers la haute mer. Le 25 avril, le navire fut mis en état. Les voiles, tirées de leur étui, étaient dans un parfait état de conservation; ce fut une joie véritable pour les marins de les voir se balancer au souffle du vent. Le

navire tressaillit, car il avait retrouvé sa ligne de flottaison, et, quoiqu'il ne pût pas encore bouger, il reposait cependant dans son élément naturel.

Au mois de mai, le dégel se fit rapidement. La neige
qui couvrait le rivage fondait de tous côtés et formait une
boue épaisse, qui rendait la côte presque inabordable. De
petites bruyères, roses et pâles, se montraient timidement
à travers les restes de neige et semblaient sourire à ce peu
de chaleur. Le thermomètre remonta enfin au-dessus de
zéro.

A vingt milles du navire, au sud, les glaçons, complè-
tement détachés, voguaient alors vers l'océan Atlantique.
Bien que la mer ne fût pas entièrement libre autour du
navire, il s'établissait des passes dont Louis Cornbutte
voulut profiter.

Le 21 mai, après une dernière visite au tombeau de
son père, Louis Cornbutte abandonna enfin la baie d'hivernage. Le cœur de ces braves marins se remplit en
même temps de joie et de tristesse, car on ne quitte pas
sans regret les lieux où l'on a vu mourir un ami. Le vent
soufflait du nord et favorisait le départ du brick. Souvent
il fut arrêté par des bancs de glace, que l'on dut couper à
la scie ; souvent des glaçons se dressèrent devant lui, et
il fallut employer la mine pour les faire sauter. Pendant
un mois encore, la navigation fut pleine de dangers, qui

LE VIEUX CURÉ REÇUT LOUIS CORNBUTTE...

mirent souvent le navire à deux doigts de sa perte ; mais
l'équipage était hardi et accoutumé à ces périlleuses ma-
nœuvres. Penellan, Pierre Nouquet, Turquiette, Fidèle
Misonne, faisaient à eux seuls l'ouvrage de dix matelots,
et Marie avait des sourires de reconnaissance pour chacun.

*La Jeune-Hardie* fut enfin délivrée des glaces à la hauteur de l'île Jean-Mayen. Vers le 25 juin, le brick rencontra des navires qui se rendaient dans le Nord, pour la pêche des phoques et de la baleine. Il avait mis près d'un
mois à sortir de la mer polaire.

Le 16 août, *la Jeune-Hardie* se trouvait en vue de Dunkerque. Elle avait été signalée par la vigie, et toute la po-
pulation du port accourut sur la jetée. Les marins du brick
tombèrent bientôt dans les bras de leurs amis. Le vieux
curé reçut Louis Cornbutte et Marie sur son cœur, et, des
deux messes qu'il dit les deux jours suivants, la première
fut pour le repos de l'âme de Jean Cornbutte, et la seconde
pour bénir les deux fiancés, unis depuis si longtemps par
le malheur.

FIN.

32

# TABLE

I.     Le pavillon noir....................... ............   5

II.    Le projet de Jean Cornbutte....................... 14

III.   Lueur d'espoir................................ 22

IV.   Dans les passes................................. 29

V.     L'île de Liverpool............................. 34

VI.   Le tremblement de glaces...................... 42

VII.   Les installations de l'hivernage.................... 51

VIII. Plan d'explorations............................. 55

IX.   La maison de neige........................... 62

X.     Enterrés vivants................................. 68

XI.   Un nuage de fumée............................ 77

XII.   Retour au navire.............................. 84

XIII. Les deux rivaux............................... 92

XIV. Détresse...................................... 98

XV.   Les ours blancs............................... 105

XVI. Conclusion................................... 114

FIN DE LA TABLE.

Typographie Firmin-Didot. — Mesnil ( Eure ).